우리 아이의 언어 교육

우리 아이의 언어 교육

영국에 간 국어 교사의
언어 교육에 관한 생각

임장현 지음

바른북스

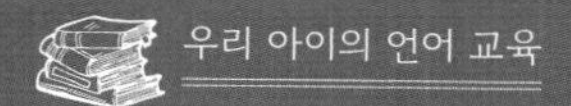

Prologue

영국의 일상에서
언어 교육의 길을 묻다.

――― 영국에서의 체류를 접고 귀국한 지 어느덧 두 해를 보낸 뒤 또다시 새로운 해를 맞이하였다. 더 늦기 전에 글을 남겨보자는 마음은 먹었으나 어떠한 글을 어떻게 쓸 것인지에 대한 고민만 거듭해 왔다. 어찌 됐든 세상에 자취를 남기는 일인 데다, 더욱이 학교 현장에서 국어를 가르치다 보니 적어도 글을 읽고 스스로 부끄럽지는 않았으면 좋겠다는 강박 관념 비슷한 이유에서다. 이런 연유로 끝없이 고민만 지속했다면 이 글은 결코 세상에 나오지 못할 것임을 알기에, 부끄러움을 감내할 각오로 큰 용기를 내어 한 줄 한

줄 이 글을 써 내려가 본다.

이제 와 돌이켜 보건대, 비자 발급을 앞두고 엄습한 뜻 모를 불안감, 영국 입국 절차를 마치고 공항을 나서는 순간의 안도감, 영국 생활에서 체감한 지역의 분위기, 다양한 인종이 어우러진 대학 캠퍼스의 첫인상, 수업에 임하는 진지함과 긴장감 등이 여러 조각으로 형상화되어 여전히 기억 속 저장소의 한구석에 자리하고 있는 듯하다.

사실 나의 영국 생활은 배우자의 영국 대학원 유학에 따라 아이를 돌보기 위함에서 비롯하였기에, 이역만리 타지에서 육아의 임무를 탈 없이 수행하는 것이 무엇보다 중요함은 더 말할 나위 없다. 그러나 이에 못지않게 스스로에 무게감 있는 부담으로 작용한 것은 다름 아닌 그 이듬해 영국에서 이어진 나의 학업이다.

현직 '국어' 교사가 '영어' 종주국인 영국에서 공부하고 학위를 취득하였다는 점은 어찌 보면 다분히 반어적일 수 있다. 이 사실을 마주하는 적잖은 이들은 '과연 이 사람이 그곳에서 무엇을 얻으려 한 것인지'에 관하여 의문을 가질 법도 하다.

많은 것에 서툴고 어색한 남의 나라에서 육아와 학업의 병행이 결코 쉬운 일은 아니다. 그러나 나름의 긍정적인 생각으로 부담감을 밀어내며 지낸 날들이 오늘에 와서 값진 추억과 작은 결실로 변모해 있는 것을 보며 내심 뿌듯함을 느낀다. 특히 한창 성장하는 우리 집 아이의 언어 발달 과정을 당시 공부하던 학문과 이론에 적용해 보면서 아이의 모습이 새삼 새로이 보일 때는, '그래도 지금 내가 쓸데없는 일을 하는 것은 아니'라는 신념을 갖는 동기가 되었다.

육아와 학업을 병행한 두 해 간의 영국살이에서 사소하지만 가치가 있을 만한 일부 일상의 경험, 그리고 그 가운데 아이의 언어가 늘어가는 것을 보며 느낀 의미 있는 유익함과 소소한 재미 등을 이 글에 담고자 노력하였다. 이를 마치 독자가 그곳에서 직접 바라보고 경험하는 듯한 현장감을 느낄 수 있는 문장으로 구사하고자 하였다. 아울러 우리 집 아이, 나아가 우리 아이들에게 더욱 의미 있는 언어 교육이 이루어지도록 하는 마음을 담아 영국에서 접한 학문과 이론을 바탕으로 생각을 거듭하며 글을 이어갔다.

분명히 하건대, 이 글은 에세이다. 고도의 전문성을 바탕으로 언어 교육에 대하여 논하는 학문적인 글이 아니다. 다만 아이의 언어 교육에 힘쓰시는 부모님과 선생님께서 언어 교육의 한 방향을 생각하실 때, 이 글이 하나의 아이디어를 떠올리거나 교육의 가능성을 확인하는 데 미약하나마 보탬 정도 될 수 있다면 필자로서는 더 바랄 나위가 없을 것이다.

영국에서 아이를 기르며 경험한 소소한 일상에 관한 이야기, 그리고 그 일상과 학업을 바탕으로 생각한 우리 아이의 언어 교육에 관한 이야기를 너무 무겁지 않으면서도 진지함을 담아 이제 시작하고자 한다.

Coventry와 Sheffield, 그리고 서울에서

2023년 여름, 저자.

CONTENTS

너서리

영국에 입국하기 전부터 많이 고민하고 걱정하였던 것은 다름 아닌 아이의 교육이다. 영국의 교육에 대한 지식과 정보가 많지 않은 상황에서, 고작 세 살이 된 아이와 함께 비행기에 오르던 내 머릿속은 설렘이나 흥분보다는 그저 걱정과 두려움으로 가득하다. 우리말조차 서투른 어린아이가 더욱이 말도 통하지 않을 타국에서 자신의 기본적인 의사를 제대로 표현할 수 있을지, 혹여 인종 차별과 같은 불이익을 받는 것은 아닌지 등과 같은 우려가 매 순간 머릿속에 자리한다.

영국의 교육 제도는 우리나라의 그것과 다소 차이가 있다.

그곳 아이들은 우리나라 아이들보다 한 해 일찍 정규교육에 편입되며, 일반적으로 9월에 학기를 시작한다. 영국의 유아교육은 너서리(Nursery) 혹은 프리스쿨(Preschool)에서 이루어진다. 잉글랜드 중부 웨스트미들랜즈(West Midlands) 지역 소도시 코번트리(Coventry)의 고즈넉한 숲 마을 주변에 소재한 대학에서 수학하게 된 아내를 따라온지라 우리 아이도 자연스레 그곳 대학에서 운영하는 너서리에 등록한다.

▪ 코번트리의 너서리 건물

영국의 교육기준청(The Office for Standards in Education,

OFSTED)은 일정 시기마다 전국의 각급 교육 기관을 평가하여 공개하는데, 이 대학 너서리가 최고 등급(Outstanding) 평가를 받았으니 일단 믿고 보내는 수밖에 달리 무엇을 더 할 수 있을까. 더욱이 그마저도 특정 요일 외에는 그곳에 들어갈 자리가 없다고 하니 대기 예약과 함께 자리가 생길 때까지 한동안 기다려야 한다. 처음 너서리에 아이를 보낼 때는 이틀만, 그마저 이 중 하루는 오전 시간만 자리가 있었으나, 시간이 지나며 남는 자리가 생겨 아이를 너서리에 보내는 날을 늘려간다.

다행히 아이가 너서리에 서서히 적응하면서 나의 우려는 차츰 줄어든다. 대학이 숲으로 우거진 지역 인근에 자리한 만큼 자연 친화적으로 건물을 배치하고 주변 환경을 조성한 점이 인상적이다. 거위들이 한가로이 노니는 호수 옆에서, 혹은 큼직하고 굵직한 나무들이 우거진 정원에서 어린아이들이 잔디를 밟고 흙을 만지며 마음껏 뛰어놀 수 있으니 부모의 마음은 절로 흐뭇해지기 마련이다. 더욱이 이곳 교사들은 아이와 기초적인 의사소통을 위하여 간단한 한국어 몇 가지를 알려달라는 등 아이에게 다가가려 노력하는 모습을 보며 나는 다소나마 걱정을 접어두고 슬쩍 마음을 놓아본다.

■ 너서리 주변 환경

그러나 무엇보다도 부모로서 아이가 교사나 친구들과 의사소통이 얼마나 잘되고 있는지에 많은 관심을 가질 수밖에 없다. 물론 이 관심의 본질은 아이의 영어 구사력이 얼마나 향상되었는지가 아닌, 그저 일상에서 생존을 위한 언어생활이 얼마나 가능한지에 있다. 너서리 교사들은 아이의 본능적 행동이나 서너 단어의 한국어만으로 녀석의 의사를 완벽히 이해하기 어려울 것임이 분명해 보인다. 결국 그곳에서 다수가 사용하는 영어로 소통할 것이 불 보듯 뻔하다.

그렇다면 너서리 교사는 서투른 한국어만을 구사할 줄 아는 녀석의 생각을 어떻게 확인하고 이해할 수 있을까. 다시 말하면, 너서리에서는 이 어리고 학습 능력이 낮은 아이에게 어떠한 방법으로 영어를 가르치고 습득하게 할 수 있을지가 매우 궁금해진다. 그저 시간이 해결해 줄 것이라는 생각만으로는 뭔가 부족하다는 느낌이다. 이런 마음으로 하루가 가고, 이틀이 가고, 또 며칠이 지나면 금세 주말이 도래하여 이번 한 주도 무사히 보냈다며 숨을 돌리고는 그만이다. 그러나 당장에는 그 부족함을 채울 방도가 보이지 않으니 어찌할 수 없는 노릇이다.

주말이면 우리 가족은 대체로 인근 숲 주변을 산책하거나, 또는 집 안 라운지(Lounge)에 모여 앉아 아이와 놀이를 함께 하곤 한다. 라운지는 우리나라의 거실과 같은 공간으로 이해하면 된다. 나의 경우와 같이 아이가 있는 가족이 영국 대학의 기숙사에 거주하자면, 대학 숙소 규정상 침실이 최소 두 개 이상으로 구성된 유형의 집을 신청해야 한다. 여기에는 침실 두 개를 비롯하여 식당과 화장실 외에 라운지가 포함되는데 이곳이 바로 그 공간이다. 그러나 이곳 라운지는 우리의 거실과 같이 개방된 공간이 아닌, 개별 문이 달린 독립된 방과 같은 공간이라 언뜻 보기에는 마치 방이 세

개인 집과 같이 보일 수 있다. 식당과 화장실을 제외한 집 안 모든 바닥은 카펫이 부착되어 있는데, 아이는 제법 폭신한 카펫의 느낌이 좋은지 슬리퍼를 벗은 채 맨발로 생활하는 일이 부지기수다.

아이가 서너 살 된 즈음 어느 주말 오후의 일이다. 아이는 라운지에서 마치 장난감을 가지고 노는 듯이 여러 권의 책을 늘어놓고 나름의 놀이를 하고 있다. 물론 글을 읽을 줄 모르는 우리 집 아이에게 책은 실로 장난감에 불과하다. 여느 날과 같이 아이는 라운지에서 십수 권의 그림책을 바닥에 놓고 길게 이어 길을 만든 뒤, 역시나 맨발로 이리저리 왕복하다 마지막에는 카펫으로 폴짝 뛰어 내려오며 즐거워한다.

그러다 문득 무슨 생각이 났는지, 바닥에 놓인 그림책 가운데 한 권을 들고 자신의 전용 의자에 앉아 목을 가다듬는다. 이어서 한 손으로 그 작은 책을 펼쳐 들고는 글 읽는 모습을 취하더니 급기야 실제로 영어를 주절대는 것이 아닌가. 그것도 우리가 흔히 생각하는 그럴싸한 영국식 억양(British Accent)으로 다음과 같이 읽기 시작한다.

"Title. The……"

아이는 마치 동화를 구현하듯이 책장을 넘기며 대략 예닐

곱 문장 내외를 영어로 소리 내어 읽는다. 그리고 마침내 마지막 장을 덮으며 한껏 멋들어진 경건한 말투로 천천히 다음과 같이 말한다.

"The end!"

눈이 휘둥그레질 정도로 놀라운 일을 목격한 나는 잠시나마 이 아이가 진정 천재성이 있을지도 모른다고 추측한다. 나도 모르는 사이 이 아이가 남의 나라에서 글 읽는 능력을 기르다니 그야말로 참으로 믿을 수 없을 만큼 놀랍고 대견하기 그지없다.

그러나 잠시 후 아이가 손에 들고 있던 책 안의 글과 녀석이 실제 말한 내용이 그 어느 하나도 일치하지 않음을 확인하면서 나의 추측은 실없는 착각으로 판명된다. 그런데 당시 불과 서너 살밖에 되지 않은 이 아이는 어떻게 이와 같은 놀라운 행동을 할 수 있을까. 다시 말하면, 글을 읽지도 못하는 아이가 어떻게 문어체 문장을 암기하여 그것을 말로 표현할 수 있는지 말이다.

▪ 너서리 출입구의 글귀

추정컨대, 이 아이는 그러한 자세와 억양으로 책을 읽어준 너서리 교사의 행동을 보며 말투를 들은 경험이 있었을 것이다. 아울러 자신이 본 것과 들은 내용 일부를 또렷이 기억하고 있던 것으로 보인다. 신기한 점은 아이가 영어로 된 책에 거부감이 별로 없어 보인다는 것이다. 물론 아이는 영어를 읽을 능력도 없거니와, 오히려 책을 놀잇감으로 삼는 것에 불과한 수준이다. 그러나 결과적으로 책을 그저 장난감으로 활용하던 아이가 그것을 읽는 모습의 모방 행동으로 전환하여 보여줌으로써 녀석이 책과 한층 더 가까워짐을 느끼게 한다.

이 장면에서 책과 가까워진 아이가 책 읽는 모습을 모방하는 행동이 문장으로 된 언어를 스스로 표현하도록 하는 동기가 될 수 있는 점에 주목할 필요가 있다. 언어학자 David Singleton*은 언어—정확하게는 제2 언어의 성공적인 습득을 위해서는 동기부여가 중요하다고 지적한다. 당시 우리 집 아이의 영어 습득 정도는 모국어를 영어로 사용하는 아이에 비하면 한참을 미치지 못한다. 그러나 그 궤도로 접근하는 과정 중에 너서리에서 책을 읽어준 교사의 모습, 그리고 도구로서의 책 자체가 바로 이 아이의 언어 습득과 표현에 긍정적인 동기를 부여하고 있다고 볼 수 있지 않을까. 이는 언어 습득 중인 아이를 둔 부모로서 아이에게 언어 습득의 동기가 될만한 행동에 대하여 생각의 여지를 주는 대목이다.

한편, 하루는 아이가 너서리에서 집으로 돌아와 저녁 식사를 위해 식탁 앞에 앉아 있던 중 불현듯 미소를 띠고 큰 소리로 이렇게 반복한다.

"애비 드댓드댓, 애비 드댓드댓드댓......"

게다가 그냥 말만 하는 것이 아니다. 두 주먹을 쥐고 마주 보게 한 채로 '둥글게 둥글게'를 하듯이 양팔을 빙그르르 돌

---

* Trinity College Dublin 명예교수

리며 앉은 자세로 엉덩이를 들썩이는 행동을 동시에 하는 것이다. 아이의 입에서 나오는 부정확하게 새는 발음의 이 정체 모를 말과 또 이 율동 같은 행동은 과연 무슨 의미일까. 아마 너서리에서 배운 것을 그대로 따라 하는 것 같긴 한데, 그것이 무엇인지 도무지 알 수가 없다.

훗날 아이의 발음과 노래 실력이 조금 더 좋아진 이후에 알게 된 것인데, 아이가 반복한 그 말은 "Everybody do that, do that, do that."으로 시작하는 너서리 라임(Nursery Rhyme)이다. 이를 너서리 송(Nursery Song)으로 일컫기도 하는데, 이런 노래를 부를 때에는 늘 율동도 함께 하기 마련이다.

이 외에도 아이는 "The wheels on the bus go round and round."로 시작하면서 양팔을 직각으로 굽히고 양 손바닥을 편 상태에서 바퀴가 굴러가듯 어깨를 돌리며 부르는 노래라든가, "Wind the bobbin up."으로 시작하면서 두 주먹을 마주 보게 하고 빙그르르 돌리다가 당기는 시늉을 하고 손뼉을 치며 부르는 노래, 또는 "Ring a ring of roses."로 시작하면서 친구들과 손에 손을 잡고 둥근 띠 모양을 만든 후 빙글빙글 돌며 부르는 노래 등을 너서리에서 자주 듣고 부르던 모양이다.

언어학자 Georgina Barton*에 의하면 언어 학습에 있어서 의미는 언어 자체만이 아니라 시각과 청각 및 행동과 같은 다중적 요소의 사용을 통하여 구성되는 것이다. 디지털 리터러시 전문가 Jennifer Rowsell**이 의미 형성 과정에서 비언어적 표현은 중요한 요소로 간주한다고 말하는 것 역시 이와 같은 맥락에서 이해할 수 있다. 즉 영어가 낯선 아이가 영어로 된 너서리 라임에 담긴 의미를 곧바로 이해하는 것은 거의 불가능하겠으나, 그 노래에 맞춰 이루어지는 교사의 율동을 보면서 그 행동을 함께 따라 해보았을 것이다. 이와 같은 아이의 행동은 노랫말—나아가 언어에 담긴 의미를 머릿속으로 구성하는 중요한 과정이 된다.

이제는 노래와 율동에 익숙할 정도로 성장한 아이에게 위 노랫말 일부를 대화체로 바꿔 물어볼 때, 녀석은 그 내용을 이해한 후 율동과 같은 행동으로 표현하거나 혹은 그에 해당하는 말로 답변하는 모습을 종종 보인다. 이는 시각이나 청각과 같이 비언어적 표현을 이해할 수 있는 신체 감각이

---

* University of Southern Queensland 교수

** University of Sheffield 교수

나, 또는 행동과 같은 비언어적 표현 자체가 어린아이의 언어 의미 형성에 중요한 역할을 함을 알게 한다.

요컨대, 부모가 아이—특히 어린아이에게 무언가를 설명할 때 손짓이나 표정, 몸짓 등 다중적 요소를 사용하는 것, 그리고 교사가 교실에서 언어와 더불어 다양한 비언어적 표현을 사용하여 아이와 소통하는 것은 아이가 언어로 표현된 내용을 이해하고 의미를 형성하는 데 긍정적인 도움을 주는 중요한 요인으로 작용할 수 있다. 바로 이 점이 아이의 언어 교육에 뜻을 둔 부모와 교사가 되새겨 보면 좋을 대목이지 않을까.

기후와 날씨

두 해 간의 영국 생활 가운데 첫해는 앞서 언급한 웨스트 미들랜즈 지역의 코번트리에서 지낸 후 이듬해에 사우스요크셔 (South Yorkshire) 지역의 셰필드(Sheffield)로 이주하여 생활을 이어간다. 아내의 학업과 더불어 나 역시 셰필드에서 석사 과정을 시작한 이유에서다. 거주하던 지역에 겨우 익숙해질 즈음 새로운 곳에서 다시 처음부터 모든 것에 적응하여야 하는 점은 여간 부담스럽지 않다. 육아에만 전념하던 이전의 생활과 달리, 이제는 육아와 함께 학업에도 신경을 써야 하는 점 역시 쉽지 않은 숙제로 다가온다.

우리나라도 지역에 따라 기후나 날씨에 차이가 있듯, 잉글랜드 중부와 중북부 지역의 날씨는 사뭇 다르다. 최근 이상 기후 현상으로 영국에 폭염과 폭설이 있었다고는 하나, 통상적으로 잉글랜드의 기후는 여름에 그리 덥지도, 겨울에 그리 춥지도 않다. 코번트리의 경우 '눈다운 눈'이 내리는 일은 드물다. 반면에 코번트리보다 북쪽에 자리한 셰필드에서는 눈을 볼 수 있는 기회가 조금 더 잦다.

▪ 화창한 날, 코번트리에서

많은 이들이 생각하는 바와 같이 영국에 비가 자주 내린다는 말은 일부는 맞고 일부는 그렇지 않다. 내가 경험한 바로, 영국의 기후는 마치 건기와 우기로 나뉘는 듯하다. 소위 건기라고 생각하는 봄 무렵부터 가을 무렵 사이의 기간에는 우리가 생각하는 것과 달리 날이 매우 맑고 화창하여 나들이하기에 그야말로 안성맞춤이다. 그러나 가을쯤부터 봄이 올 무렵까지는 시도 때도 없이 자주 비가 내리고 우중충한 날이 많다.

▪ 흐린 날, 셰필드에서

내가 다소 특이하게 바라보던 것은 바로 비 내리는 날의 광경이다. 비 내리는 날이면 우리는 응당 우산을 펼치기 마련이지만, 적잖은 영국인들—주로 젊은이들은 우산 없이 비를 맞으며 제 갈 길을 가는 경우가 많다. 분명한 이유를 알 수 없으나, 좋은 쪽으로 생각하자면 좁은 길에서 우산으로 인하여 주변 사람이나 마주 오는 사람에게 피해를 주지 않으려는 까닭일 수 있다. 혹은 폭우가 내리는 일도 많지 않거니와 비가 잠시 내리다가 그치기를 일정치 않게 반복하는 날씨로 인하여 귀찮은 마음에 우산을 펼치지 않으려는 것이 그 이유일까. 어찌 됐건 비 내리는 날 젊은 영국인들이 이곳저곳에서 후드티셔츠나 외투에 달린 모자만 뒤집어쓴 채 비와 함께 묵묵히 걸어가는 광경을 보자니, 어느 순간 나 역시 그들과 같이 후드 모자를 뒤집어쓴 모습으로 비를 맞으며 걷고 있는 것이 아닌가. 문화에 스며든다는 말을 체감하는 순간이다.

특정 요일에는 늦은 오후까지 대학원 수업이 배정되어 있다. 그날은 수업을 마치는 즉시 서둘러 너서리로 향하여 아이를 데리고 귀가한다. 코번트리와 달리 셰필드의 너서리는 집으로부터 도보 30분 정도 걸리는 거리로, 집과 꽤 멀리 떨어진 곳에 있다. 특히 늦가을 저녁 여섯 시쯤이면 이미 해는 지고 어둑한데, 아이를 유모차에 태운 상태에서 마침 비까지 내리면 도무지 집까지 걸어갈 엄두가 나지 않아 버스를 타곤 한다.

어느 늦은 오후에 후드 모자를 뒤집어쓰고 비를 맞으며 아이를 실은 유모차를 밀어 인근 버스 정류장에 도착했을 때의 일이다. 비를 피해 버스 정류장 지붕 아래로 들어가려니, 영국인 아닌 외국인 두세 명이 정류장 인근에서 그들의 언어로 이야기하며 서 있다. 나로서는 그들이 버스를 기다리는 줄을 서 있는 것인지 아닌지를 알 수 없기에, 섣불리 그들을 지나치지 못하고 있다. 영국이라고 하여 모든 곳에서 모두가 그러한 것은 아닐 수도 있겠으나, 적어도 내가 거주한 지역의 경우에는 정류장에서 줄을 서는 것이 일상이며 당연하기에 나는 일단 눈치를 보며 상황을 파악 중이다. 그러나 굵은 빗줄기를 맞으며 마냥 그러고만 있을 수는 없는 노릇이다.

결국 나는 그들에게 버스를 기다리는 줄에 서 있는 것인지를 물어본다.

"Alright, mates?

Sorry but, are you in the queue?"

그러나 되돌아온 답은 그들의 의문 어린 표정뿐이다. 제대로 이해하지 못한 듯하여 재차 물었으나 그들은 서로를 바라보며 무슨 말인지 모르겠다는 표정을 지은 후, 다음과 같이 두어 차례 반복할 뿐이다.

"Um...... I'm sorry."

아마도 그들은 영국에서 생활한 지 얼마 되지 않은 유학생이거나, 혹은 잠시 이곳에 들른 여행객일 수도 있다. 물론 그러한 사람들 가운데에는 영어에 능통한 이들도 적지 않을 것이다. 그러나 이들은 영어에 직간접적인 노출이 상대적으로 적었을 것으로 추정된다. 언뜻 생각해 볼 때, 이와 같은 상황에서 '줄'에 해당하는 의미의 어휘 'Line'을 사용할 법도 하지만, 사실 이 경우 영국에서는 'Queue'라는 어휘를 사용하여 표현하는 것이 통상적이다. 이들은 이곳의 언어문화 안에서 사람들이 주로 사용하는 표현이나 어휘를 아직은 충분히 인지하지 못했기 때문일까. 이들에게 계속하여 더 묻자니 오히려 내가 무례하고 집요한 사람으로 보일듯하다. 결국 "OK." 한 마디만을 건네고는 버스가 올 때까지 아이의 유모차를 감싸고 비를 맞으며 기다린다.

언어학자 Silvina Montrul*에 의하면 언어의 습득은 자연스러운 환경(Naturalistic Setting)에서 청각 매개체(Aural

* University of Illinois Urbana-Champaign 교수

Medium)를 통하여 보호자(Caregiver)와의 상호작용으로 이루어진다. 어린아이가 그들의 언어 공동체 내 다른 성인 구성원의 문법에 영향을 받으며 언어를 습득한다는 것이다. 결국 언어를 습득하기 위해서는 최대한 자연스럽게 해당 언어에의 노출이 지속되어야 할 것이다.

모국어의 경우 아이들은 이미 부모로부터 우리말에 대한 직간접적이고 지속적인 노출이 있었을 것이므로 자연스레 언어 습득이 이루어지기 마련이다. 특히 아이가 성인의 문법에 영향을 받으며 언어를 습득한다는 점에서 부모의 언어 문법 수준이 높고 능숙할수록 아이의 언어 능력과 수준이 향상될 가능성이 높음을 추론할 수 있다. 아이의 언어 능력을 기르고자 한다면, 아이에게 언어를 교육하는 부모와 교사가 유념하여 주목해 볼 지점이 바로 여기에 있지 않을까.

이 점은 물론 아이의 외국어 습득에도 적용될 수 있을 것이다. 외국어의 경우 그 나라에 체류하지 않는 한 해당 언어, 그리고 수준 높은 문법을 사용하는 구성원에 노출되도록 하는 상황을 만드는 것은 쉽지 않다. 이 경우 대안적 상황을 조성해 보는 것도 하나의 방법이 될 수 있겠다. 이에 관한 내용은 후에 다시 이야기하도록 한다.

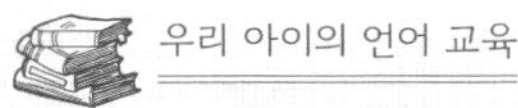

ESOL

영국 대학의 영어교육 관련 학과에서는 영어를 가르칠 수 있는 자격을 취득하려는 학생들의 실습을 위하여 프로그램을 운영하고 지원한다. 그러한 프로그램 가운데 하나인 ESOL(English for Speakers of Other Languages)은 말 그대로 영어가 아닌 언어를 사용하는 영국 내 거주 외국인을 위한 영어교육 프로그램을 말한다. 영국에 거주한 첫해에 아내가 다니는 대학에서도 ESOL 프로그램을 무료로 운영한다는 말을 듣고 나도 이에 참석하여 외국인을 대상으로 하는 영어교육을 직접 받아보기로 마음먹는다. 비영어권 국가 외국인으로서 영어를 배우고 싶은 마음도 있거니와, 영국의 언어 수업—더 정확하게는 외국인을 위한 영어 수업의 구성과 방법에 관하여 언어 교사로서 내심 궁금하기도 하다.

프로그램은 중급 영어 구사 수준을 기준으로 이보다 낮은 수준과 높은 수준의 두 반으로 나뉜다. 약 두 달 남짓한 기간 매주 2회 저녁 두 시간씩 영어 수업을 진행하는데, 영어를 가르치고 배우는 장면이 마치 우리의 학창 시절 교생실습과 비슷해 보인다. 교생에 해당하는 대학(원)생 실습생 대여섯 명이 한데 모여 앉은 후 한 사람씩 학습자들 앞에서 30여 분 내외로 영어 수업을 진행한다. 이때 담당 교수는 강의실 한편에 멀찍이 앉아 수업을 진행하는 실습생을 관찰하고 평가한다. 실습생의 수업을 듣는 학습자로 참여하다가 잠시나마 속으로 그의 교수학습 활동을 평가하고 있는 교사로서의 내 모습을 발견할 때는 "배운 게 도둑질"이라는 말을 새삼 실감한다.

소위 '중·상급반'과 '하급반'에 해당하는 두 반 모두를 번갈아 들어가서 수업을 들어본다. 학습자는 아시아, 유럽, 중남미, 중동, 아프리카 등에 속한 여러 나라에서 영국으로 건너온 사람들이다. 나의 상황과 같이 공부하는 가족과 함께 온 사람도 있고, 현재 이 대학에서 공부하는 외국인 학생이나, 혹은 이곳 인근의 직장에 다니는 외국인도 있다. 그렇다 보니 수강자의 연령대도 높은 편이다. 일례로 이탈리아 토리노 지역 출신의 직장인 Luisi와 프랑스 남부가 고향인 Raphael은 나보다 심지어 열 살 가까이 많지만, 영어 학습에 대한 열의는 누구보다도 뜨거웠는데 지금은 무얼 하며 지내고 있을까.

▪ ESOL 프로그램 참여자들

'중·상급반' 수준에 해당하는 반은 주로 대학(원)에 소속된 비영어권 국가 출신 학생이 자신의 영어 실력을 늘리고자 프로그램에 참여한 경우가 많다. 반면 '하급반' 수준에 해당하는 강의실은 개인적으로 영어의 기초를 다지거나 혹은 직장에서 사용하는 생활 영어 능력을 기르려는 외국인으로 채워지기 마련이다. 인상적인 장면은 바로 이 두 번째 반 학습자를 대상으로 영어를 가르치는 방법에서 주로 나타난다.

두 번째 반의 학습자는 첫 번째 반의 학습자에 비하여 상대적으로 영어 능력 수준이 낮으며, 심지어는 기초 영어조차 구사하기 어려워하는 모습을 보이는 이도 있다. 이는 마치 언어를 조금씩 구사하기 시작하는 유아의 수준이거나, 또는 이제 막 학교에서 언어를 배우는 어린이의 수준과 흡사할 것이다. 이 수업에서 영어를 가르치는 실습생은 자신을 향해 배움의 눈빛을 보내며 앉아 있는 외국인들에게 적합한 수준에 맞춰 흥미와 의미를 모두 담은 교수학습 방법을 찾으려 고심할 것이다.

교사 생활을 먼저 경험한 사람으로서 그들의 고민과 심적 압박감의 무게를 어느 정도는 예측할 수 있을 것 같다. 특히 영어의 기초를 배우는 사람들이 내용을 어려워하거나 수업에 흥미를 느끼지 못할 때는 교수학습을 진행함에 더욱 힘이 들 수도 있을 것이다. 이와 같은 초보 학습자를 위하여 흥미를 주로 고려하며 수업을 진행한 영국인 실습생의 기억이 문득 떠오른다. 영문자 모양의 퍼즐 장난감을 활용하여 놀이의 형태로 수업을 진행하는 방법이 바로 그것이다.

교육심리학자 Lisa Newland* 외 다수에 의하면, 엄마와 유아 간에 장난감을 공유하면서 그것에 집중하여 놀이하는 활동은 상호 협력적으로 이루어지며, 이러한 엄마와 유아 간에 이루어지는 상호 협력적 장난감 놀이의 특성이 아이의 언어 습득을 돕는다. 위 사례에서 수업을 진행한 영국인 실습생은 곧 아이와 장난감을 공유하는 엄마의 역할을 한 것으로 볼 수 있지 않을까.

우리 집 아이가 한글을 배우기 시작할 때도 마찬가지로 장난감을 활용한 기억이 난다. 아이와 함께 한글 모양의 퍼즐을 맞추고 그것을 가지고 놀며 한글을 발음하던 경우가 이와 흡사하다. 이러한 활동이 아이의 언어 습득을 도울 수 있듯이, ESOL 수업에서 교사가 활용한 영문자 퍼즐은 초보

---

* University of South Dakota 교수

영어 학습자인 외국인들의 언어 능력 향상에 긍정적인 영향을 줄 수 있을 것이다.

한편 언어학자 Stephen Krashen*의 습득-학습 가설에 의하면, 언어의 습득과 학습을 구별하는 기준은 그것이 잠재의식적 과정인지, 아니면 의식적 과정인지에 따른다. 유아기에 부모의 언어를 들으며 한글 낱자를 구사하기 시작한 우리 집 아이의 경우, 위 가설에 의하면 이는 의식적이기보다는 잠재 의식적 과정에 따른 언어의 습득에 가까워 보인다. 반면, ESOL 수업의 초보 영어 학습자는 수업을 통하여 의식적 과정에 의한 언어 학습이 이루어지고 있으나, 언어 능력 수준으로는 언어 습득 활동 역시 필요하다고도 볼 수 있다. 이런 점에서 그들은 수업에서 위 가설의 언어 습득과 언어 학습 간 경계선상 어딘가에 위치하는 것이 아닐까. 아이의 모국어 교육도 그렇거니와, 외국어 교육에 관심이 많은 부모가 주목해 보면 좋은 대목이다.

ESOL 수업에 참여하다 보면 그 수업의 목표와 영어를 가르치는 방식에 대하여도 가늠해 볼 수 있다. 어떤 실습생은

---

* University of Southern California 명예교수

마치 우리의 수십 년 전 학교 현장에서나 볼 수 있던 지식 전달만으로 수업을 진행한다. 또 다른 실습생은 외국인 학습자와 상호작용하며 수업을 진행하기도 하고, 실습생과 학습자 간에 또는 외국인 학습자들끼리 함께 이런저런 활동을 수행하며 수업을 진행하는 사례도 있다. 어떠한 수업의 형태가 절대적으로 좋거나 나쁘다고 단정할 수는 없으나, 오늘날 우리나라 학교 현장에서는 전자보다 후자 형태의 수업이 더 많아진 경향이 있는 듯하다.

미국의 언어학자 Yuko Goto Butler*는 GT(Grammar Translation) 방식과 같은 전통적인 언어 교수법—정확히는 제2 언어 교수법에 대하여 학생들이 수준 높은 의사소통 능력을 개발하는 데 도움이 되지 못한다는 비판이 세계 곳곳에서 커지고 있음을 주장한다. 근래 우리의 학교 현장에서 교사와 학생 간 소통을 바탕으로 한 수업 형태가 자주 보이는 경향도 이와 같은 맥락으로 볼 수 있겠다.

CLT(Communicative Language Teaching) 방식의 교수법이 바로 이러한 형태의 수업에 가깝다고 할 수 있다. 언어교육학

---

* University of Pennsylvania 교수

자 Melinda Karen Whong*에 의하면, CLT의 특징은 문법 규칙보다는 언어적 의미에 초점을 맞추면서 의미 있는 활동으로 구성된 교실 수업을 이끈다는 점에 있다. 아이들은 이러한 활동에 참여하며 의도된 학습뿐 아니라 의도치 않은 학습도 하게 되고 이는 곧 자연스러운 언어 습득으로 이어질 수 있다.

또한 CLT는 언어의 유창성에 초점을 맞춘다. 제2 언어 및 외국어 교육 분야의 전문가이자 응용언어학자 Jack C. Richards**는 이러한 CLT의 특성이 학습자가 그 언어를 사용하도록 하는 동기를 부여하며, 해당 언어의 활발한 사용은 학습자가 다른 학습자들과 상호작용할 때 촉진된다고 주장한다. 위 ESOL 강의실에서 CLT에 근접한 방식으로 수업을 구성한 어느 실습생이 외국인 학습자들의 영어 구사에 오류가 있음에도 불구하고 그것을 지적하거나 수정하지 않은 채 그들이 영어 문장을 생성하여 완성 후 종결하도록 유도하는 이유도 바로 유창성의 맥락과 관련이 있

---

* Hong Kong University of Science and Technology 교수

** National University of Singapore 교수

지 않을까. 다만, 유창성에 초점을 집중한 나머지 학습자가 범한 언어적 오류의 수정에 별다른 관심을 두지 않는다면 그들의 언어적 오류가 그대로 굳어질 수 있다는 언어학자 Mohammad Javad Riasati* 등의 지적을 간과하여서는 안 될 것이다. 이는 아이의 언어 교육을 위한 교수법에 관심이 많은 부모와 교사가 주목할 만한 대목이다.

---

* Islamic Azad University 교수

BY1
Bullyard/New Union Street
8 8A
rail sta
centre | Ansty Road
Walsg
gle | Potters Green
£1 between city centre & rail station
national express Cove
HOLT
LET BY
to 84268 or www.netwm.mobi
Tap & go

생활 속 의사소통

"When in Rome, do as the Romans do."

로마에서는 로마인들이 하는 대로 하라는 말처럼 영국에서 생활하다 보면 나 역시 영국인들이 하는 대로 대부분을 따라 하기 마련이다. 이 나라에서의 언어생활도 마찬가지다. 영국인들이 평상시 구사하는 표현과 같이 영어를 구사하는 것이야말로 영국 생활에 적응하였다는 방증의 하나로 여길 수 있지 않을까.

영국 대학 기숙사에 살다 보면 우편물이나 배송물을 받는 일이 생긴다. 가령, 영국 정부나 시청에서 보낸 공문서라

든지, 내가 응원하는 프리미어리그 팀으로부터 온 경기 표와 구매한 기념품이라든지, 혹은 멀리 한국에서 온 반가운 편지와 물품 같은 다양한 우편물이나 배송물이 내 앞으로 도착한다.

■ 배송된 우편물

우리나라에서는 집 우편함 안이나 현관문 앞에 우편물 혹은 배송물이 놓여 있는 경우가 일반적이나, 영국 대학 기숙사의 경우 현관 바로 앞에 우편물이나 배송물이 놓여 있는 경우는 결코 없다. 그 대신 나의 물건이 기숙사 관리 센터에 도착했다는 내용의 이메일 한 통을 확인할 수 있을 뿐이다. 이메일을 확인하면 나는 학생증을 들고 물건을 받기 위하여 센터로 향한다. 센터의 자동문이 열리면 나는 이미 몇 차례 마주쳐 낯이 익은 직원과 인사를 나눈 뒤 내 앞으로 배송된 물건을 받으러 왔음을 알린다. 잠시 후 직원이 나에게 우편물을 건네면 나는 의례적으로 하는 고맙다는 말을 다음과 같이 표한다.

"Cheers, mate."

처음 이곳에서 고맙다며 인사할 때 나는 그저 "Thank you."라는 익숙한 말만 연신 거듭해 왔다. 물론 이 말이 적절하고 좋은 표현임은 의심할 여지가 없지만, 이곳 사람들은 격식을 차릴 때가 아니라면 대체로 "Cheers."라고 말하는 경우가 많은듯하다. 개인적인 생각으로, 이 말이 약간 더 친근감이 있다는 느낌이랄까. 나의 고맙다는 말에 직원도 의례적으로 답하는 괜찮다는 말을 다음과 같이 전한다.

"No prob."

이십 년도 더 지난 나의 학창 시절에 배운 기억으로는 응당 "You are welcome."이 들려야 이른바 'A의 말에 대한 B의 알맞은 대답'으로 적절한 말일 것인데, 우리말로 표현하기에 '노 프롭'이라는 소리로 듣는 경험이 생소한 내 또래의 누군가라면 아마 적잖이 당황할지도 모르겠다. 사실 이곳 사람들은 때에 따라서는 "You're welcome."과 같은 표현도 사용하지만, "No problem."을 조금 더 줄여 "No prob."이라고 말하는 경우가 흔하며, "Alright."라고 말하는 경우도 적지 않다. 이 사례는 그야말로 영국 생활 영어의 기초 가운데에서도 다분히 기초적인 내용이라 할만하다.

영국에서 아이를 키우면서 겪은 웃지 못할 사례도 있다. 아이가 너서리에서 영국의 인기 있는 만화 영상 <Peppa Pig>를 몇 차례 보고 와서는, 집 앞으로 경사지게 펼쳐진 잔디밭에서 "위이- 위이이이-(Whee- Whee-)." 하고 외치며 달려 내려가는 놀이를 반복하고 있다. 한참을 신나게 뛰어놀던 아이가, 잔디 옆 벤치에 앉아 있는 나를 보며 "위이- 위이-."를 외친다. 나는 아이에게 인자한 미소를 짓고 고개를 끄덕이며 재밌게 잘 놀고 있는 모습을 보고 있으니 계속 놀아도 된다는 의미를 전한다.

▪ 〈Peppa Pig〉 캐릭터 인형

그러나 아이가 나의 의미를 이해하지 못한 것일까. 아이는 여전히 나를 보며 재차 "위이- 위이-."를 외치더니, 잠시 후 아이가 그 자리에서 어색한 표정으로 가만히 서 있는 것이 아닌가. 순간 아이의 바지가 조금씩 젖어 들어가는 것을 발견한다. 나와 아이 모두 당황하기는 마찬가지다. 나는 아이를 데리고 집으로 들어가며 앞으로는 이런 경우에 소변이 마렵다고 말하면 된다고 이야기해 준다. 그런데 아이의 반응이 의외다. 아이는 너서리에서 배운 대로 다음과 같이 소변이 마렵다고 분명히 말했다는 것이다.

“Wee, wee.”

알고 보니 아이는 분명히 소변의 의사표시를 한 것이다. 영국에서 아이들이 소변을 말할 때 흔히 사용하는 단어 ‘Wee’를 알아듣지 못하고 ‘Whee’로 이해한 내가 잘못한 셈이다. 소변을 뜻하는 ‘Pee’와 더불어 ‘Wee’라는 말 역시 자주 사용하는 이곳의 생활 영어를 습득한 아이와 달리, 이를 체득하지 못한 나 자신을 보고 있자니 그야말로 웃지 못할 촌극이다.

버스에서 보고 들은 일도 인상에 남는다. 영국에서 운행하는 버스는 대부분 이층버스(Double-decker Bus)라고 봐도 무방하다. 이 나라 수도 런던(London)의 버스가 빨간색으로 유명하다면, 내가 생활하던 지역은 하늘색과 보라색 계열과 흰색이 조합된 디자인의 버스가 대다수다.

버스를 타고 학교로 향하는 길에 젊은 영국인 엄마가 아이를 실은 유모차와 함께 버스에 오른다. 이 여성은 유모차를 놓을 수 있는 버스 내 공간에서 힘겹게 유모차를 돌려세워 놓으면서 동시에 버스 기사에게 출발하기 전에 잠시 시간을 달라고 부탁한다. 잠시 후 여성이 유모차를 돌려세우는 일을 마무리한 다음에야 버스가 서서히 움직이기 시작한다. 이에 이 여성은 이해해 줘 고맙다며 다음과 같이 버스 기사에게 말한다.

"Thank you for bearing with me, love."

여성의 말을 가만히 듣고 있자니, 마지막에 'Love'를 붙여 말을 끝내는 상황이 그저 어색하기만 하다. 여성이 버스 기사와 그리 두터운 친분이 있어 보이지 않음에도 이 단어를 사용하는 까닭을 도무지 알 수가 없다. 마침 학교에서 만난 영국인 친구에게 그 말뜻과 이유를 물어본 이후에야 비로소 여성이 왜 그렇게 말하는지 이해가 된다. 문장 끝에 붙여 말하는 'Love'는 진지한 사랑의 의미는 없으며, 다만 상대에 대한 존중을 잃지 않으면서도 친근함을 내포하는 가벼운 인사말과 같다고 보면 된다.

그 밖에도 상대방에게 인사할 때 주로 건네는 말인 'Are you alright?', 화장실을 뜻하는 'Loo', 배우자나 동거인과 같이 생활공동체를 이루며 함께 사는 사람을 포괄하는 의미의 'Partner' 등 영국인이 일상에서 주로 사용함에도 우리가 낯설게 느끼는 말은 무수히 많을 것이다. 이처럼 거의 접해보지 못하거나 사용하지 않아 낯선 '원어민의 일상 언어'를 곧바로 이해하기는 쉽지 않다.

▪ 셰필드의 이층버스

영국의 언어학자 Michael Halliday에 의하면 모든 언어는 상황과 관련된 맥락에서 사용 중이다. 영국 생활에서 경험한 다양한 상황 속 맥락을 이해하여야 그 언어가 어떠한 의미로 어떻게 사용되는지를 체득할 수 있다. 문해력은 맥락에 자리한 언어를 사회적으로 실천하며 증진된다고 보는 교육학자 Carey Jewitt*의 견해가 이를 뒷받침한다. 교과서에 제시된 일부 단어와 문장만으로 아이의 언어 교육을 실천하기에는

---

* University College London 교수

생활 속의 상황 맥락과 연관된 문해력의 측면에서 그 한계가 분명히 드러날 수 있다. 미술교육학자 Paul Duncum*의 주장과 같이 문해력은 머릿속에 자리하고 있는 것만이 아니라 그 사회의 환경에도 위치하기 때문일 것이다.

이 시점에서 교육 정책 전문가인 Mary Kalantzis**와 Bill Cope***의 지적을 되새겨 볼 필요가 있다. 언어 교실에서 교사로부터 수동적으로 지식을 수용하고 암기식으로 학습하는 학생들에게 정답과 오답의 언어적 사실을 주로 다룬 결과, 창의성과 문제 해결 능력이 부족한 순응적 학습자를 배출한다고 주장한다. 그러므로 문해력 수업은 학생들에게 문법 규칙의 올바른 사용법은 물론이고 아울러 다양한 맥락에서 효과적으로 의사소통하는 방법을 배울 기회를 적극적으로 제공해야 한다는 것이다.

우리나라의 언어 능력 시험에서 세부 영역마다 만점을 받는 아이가 우리나라와 다른 사회적 환경의 언어로부터 나오

---

* University of Illinois Urbana-Champaign 명예교수
** University of Illinois Urbana-Champaign 교수
*** University of Illinois Urbana-Champaign 교수

는 뉘앙스와 함축적 의미를 이해하면서 그 나라 사람들과 의사소통을 얼마나 깊이 있게 잘할 수 있을지 한 번쯤은 의심해 볼 만도 하다. 혹여 우리 아이는 여전히 'A의 말에 대한 B의 알맞은 대답'을 고르는 기술만 터득하고 있는 것은 아닐는지. 이 점이야말로 아이의 언어 교육에서 맥락의 중요성을 가볍게 보고 지나쳐 온 부모와 교사가 한번 깊이 고민해 보아야 하는 대목이 아닐까.

픽처북

코번트리 시내 중심가(City Centre)를 나들이하며 들른 서점 Waterstones에는 넓게 자리한 어린이 코너에 수많은 픽처북(Picture Book), 즉 그림책이 진열되어 있다. 특히 세계적으로 유명한 작가들의 다양한 그림책이 우리 집 아이를 포함하여 서점에 온 아이들의 시선을 강하게 사로잡는다. 각자 마음에 드는 책을 들고 서점 문을 나서는 부모와 아이들을 보고 있자니 그림책에 대한 영국의 어린이와 부모의 애정은 생각했던 것보다 더 큰듯하다.

영국에서는 3월 첫 번째 목요일을 '세계 책의 날(World

Book Day)'로 정하고 매년 관련 행사를 개최한다. 이날을 기념하여 너서리에서는 저렴한 가격에 다양한 그림책을 구매할 수 있도록 소책자와 책 구매 신청서를 보내주기도 하고, 일부 서점에서는 기념 제작한 일부 그림책을 무료로 나누어 주기도 한다. 그림책뿐만 아니라 다양한 연령층을 위한 도서 역시 행사 대상임은 물론이다. 이를 보건대, 인과관계 있는 생각인지는 모르겠으나 참으로 셰익스피어(Shakespeare)의 나라답다. 영국인들의 책에 대한 사랑을 직접 체감함과 아울러 근래 우리의 학교 현장에서 독서를 권장하는 추세에 맞춰 우리 아이들의 적극적인 독서 활동 역시 기대해 본다.

사실 영국에서 생활하는 동안 아이와 함께 할 수 있는 것이라고는 주로 집 주변을 산책하거나 집에서 아이와 시간을 보내는 일 정도다. 비가 부슬부슬 내리는 날이 이어지는 시기에는 아이와 함께 집에 머무는 경우가 많다. 이런 날이면 아이는 고작 몇 가지에 불과한 장난감을 가지고 노는데, 조금 지나면 이마저 지루해하기 마련이다. 이때 그림책은 아이의 싫증을 조금은 덜어낼 수 있는 하나의 방편이 되기도 한다. 게다가 영국에서 생존하기 위해서라도 영어를 익히지 않을 수 없는 노릇이니, 이와 같은 상황에서 영어로 쓰인 그림책은 아이와 나 모두에 해당하는 필수품이라 하여도 과언이 아니다.

▪ 세계 책의 날에 받은 그림책

이전 장에서 아이가 그림책으로 길을 만들어 밟고 다니며 장난감 삼아 놀거나, 또는 너서리 교사가 소리 내어 책을 읽어주는 행동을 모사한 장면을 언급한 바 있다. 그러나 이는 주된 목적과 기능에 부합하게 그림책을 접하는 상황과는 사뭇 다르다. 길지 않은 시간이지만 그간 아이가 내외적으로 성장하면서, 그림책을 읽는 아이의 방식과 태도가 이전보다 조금 더 진지해진 경향을 보이는 듯하다.

다시 Waterstones 서점의 이야기로 돌아와 넓은 공간에 펼쳐진 수많은 그림책을 살펴보는 우리 집 아이의 모습을 떠올린다. 다양한 그림책 속 각각의 캐릭터가 마치 살아 움직이는 듯한 모습으로 아이에게 손짓한다. 물론 아이는 아직 영어 단어를 읽지 못하지만 그래도 아주 신이 나서 이 책 저 책을 집어 들고 책장을 넘겨 그림을 보며 즐거워한다.

■ Waterstones 서점의 그림책

특히 영국의 유명한 그림책 작가 Julia Donaldson의 책에 아이는 시선을 오랫동안 고정한 채로 웃음을 감추지 못한다. 마침 세계 책의 날 즈음에 너서리를 통하여 할인된 가격에 이 작가의 그림책 다섯 권을 주문한다. 그녀의 책은 영국 내에서뿐 아니라 세계 여러 나라에서도 많이 사랑받을 정도로 재미있고 유익하다.

가령, 숲속에서 상상 속 괴물을 실제로 만난 생쥐의 지혜를 익살스럽고 재미있게 그려낸 《The Gruffalo》는 심지어 주인공 캐릭터 인형도 품고 다닐 정도로 아이가 좋아하는 이 작가의 대표적인 그림책이다. 또, 어린 용을 주인공으로 한 그림책 《ZOG》, 그리고 착한 마녀와 동물들이 이동하며 벌어지는 일을 그린 《Room on the Broom》 등도 그녀의 작품으로 아이가 즐겨보곤 한다. 물론 그 외에도 영국에는 수많은 유명 작가의 그림책이 존재하며, 이곳의 부모들과 아이들이 여러 작가의 다양한 그림책을 읽는 모습을 흔히 볼 수 있다. 이와 같은 분위기는 아이를 기르는 부모로서뿐 아니라 언어 교육 분야에 자리한 한 사람으로서 흐뭇하면서도 은근히 부러움을 느낄만한 점이다.

■ 그림책《The Gruffalo》

당시 아이의 문해력 수준은 고작 영문 알파벳 정도를 대략 구별해 내는 정도에 그친다. 그러므로 아이는 그림책에 그려진 그림으로부터 이야기의 내용을 상상하고 예측하는 수준에 불과할 것이다. 이 예측과 상상에 확신을 주거나 혹은 다른 예측도 해볼 수 있도록 나는 아이와 함께 라운지 소파에 앉아 그림책을 펼쳐 천천히 글을 읽어나간다. 아이들이 읽는 책이라서인지 비교적 어렵지 않은 단어와 문장을 사용하고 있으며, 일부 구절을 다음 장에서 반복하는 점도 눈에 띈다. 그러다 보면 아이도 어느 순간 그 반복하는 구절을 비슷하게 따라 말한다.

한편 아이는 내가 읽어주는 내용을 듣고 다음 장으로 넘어가기 전까지 자신만의 상상을 이어갈 것이다. 과연 이 아이는 그림책의 내용을 이해하여 나름대로 그것을 즐길 수 있을는지. 그리고 이 그림책이 아이의 언어 능력을 기르는 데 영향을 미칠 수 있으려나. 만약 그렇다면 아이 옆에서 책을 읽어주는 나의 노력이 어떻게 아이의 언어에 긍정적인 영향을 심어줄 수 있을까.

응용언어학자 Annamaria Pinter*에 의하면 이야기는 의미 있는 맥락 안에서 어휘와 문법을 함께 제시한다는 점에서 아이의 언어 학습에 효과적이다. 그림책 속의 이야기와 아이의 언어 학습 간의 긍정적 관계를 잘 알게 하는 대목이다. 또한 어린이 언어 교육 분야를 연구하는 Sandie Mourão**에 따르면 독자가 그림책 속 이야기의 의미를 생성하려면 단어만이 아닌 그림도 적극적으로 활용해야 한다. 그림책은 시각적 텍스트가 글과의 간극을 메워줌으로써 아이가 이야

* University of Warwick 교수

** Nova University Lisbon 전임연구원

기의 의미를 적극적으로 구성할 수 있게 한다. 적극적인 그림 해석은 시각적 텍스트를 중심으로 일종의 토론을 유발하여 아이가 보이는 습관적 언어 수준을 넘어 언어적 레퍼토리(Repertoire)의 범주를 확장한다는 것이다. 그런데 간혹 글의 내용과 그 글에 상응하는 그림이 다소 일치하지 않는 경우를 발견할 때가 있는데, 영어교육학자 Janice Bland*에 의하면 이는 아이의 상상력을 자극하고 텍스트의 비밀을 밝히기 위한 추리 활동을 장려하는 데 도움을 준다.

한편 언어교육학자 Caroline Linse**에 의하면 그림책에서 특정 문법 패턴을 반복적으로 사용하는 것, 즉 반복되고 병합된 언어는 문법과 어휘 학습 모두를 촉진하여 언어 학습의 시너지를 창출한다. 아이와 읽은 여러 그림책마다 일부 구절이 반복하여 나타나는 이유가 바로 그것이다. 이를 종합해 보건대, 그림책을 언어 교육적으로 활용하는 것은 아이의 상상력과 창의력은 물론이고 언어 능력의 발달에도 매우 긍정적임을 그 누가 부정할 수 있을까.

---

* Nord University 교수

** Queen's University Belfast 교수

책을 읽는 행위가 단순히 그 책에 표기된 단어의 해독에 그침은 비단 아닐 것이다. 더욱이 그림책의 경우에는 아이들이 글로 된 텍스트와 아울러 그림 역시 텍스트로서 '읽게' 하여 책 속에서 무슨 일이 일어나고 있는지 알아보도록 유도하는 것이 바람직하다. 이로써 아이들은 상상력을 확장할 수 있고, 의미 있는 맥락에서 노출된 언어를 접할 수 있으며, 이야기를 이해하는 과정에서 다양한 표현 방식을 사용할 수 있을 것이다.

다만 아이의 언어 능력 향상을 위하여 그림책을 어떻게 활용하는지가 의문일 수 있다. '세계 책의 날'을 제정하여 기념할 만큼 독서를 중시하고 책을 사랑하는 영국의 분위기가 깊숙이 자리하게 된 이유를 추측하며 다음과 같이 생각해 본다. 그림책을 통하여 아이의 언어 능력을 향상하기 위한 근원적인 방법은 결국 아이가 책을 읽는 과정을 즐겁게 만드는 일에서 시작하는 것이 아닐까. 이 과정에서 그림을 읽어가며 상상력을 기르고 마침내 언어에 가까워지며 즐거워하는 아이의 모습을 상상해 볼 수 있지 않을는지. 나아가 이러한 모습은 아이가 성장하면서 더욱 깊이 있는 독서 활동을 지속하고, 아울러 보다 높은 수준의 언어 능력을 발휘하는 장면으로 이어질 수 있으리라. 바로 이 점이 그림책을 펼쳐 든 아이를 대하는 부모와 교사가 되짚어 볼 의미가 있는 대목일 것이다.

마트와 쇼핑

M&S, Tesco, Sainsbury's, Waitrose, Morrisons, Asda, Aldi, ... 이는 영국 전역에서 흔히 볼 수 있는 대표적인 마트 체인이다. 영국 공항을 나오면서 바로 들른 곳도 마트이며, 숙소에 도착하여 짐을 풀고 나서 바로 향한 곳 역시 그러하다. 타지 생활을 시작하려면 당장에 필요한 물품을 갖춰야 하니, 숙소 도착 후 며칠은 주로 마트와 집을 오가며 구매한 물건을 실어 나르는 데 하루 대부분을 보냈다 하여도 틀린 말은 아닐 것이다.

우리나라 마트도 그러하듯, 같은 체인의 마트라도 주로 식료품이 진열된 동네 편의점을 연상케 하는 작은 마트부터 넓은 매장에서 더욱 다양한 종류의 물품을 판매하는 이른바 'Superstore'라는 이름의 초대형 마트까지 그 규모도 다양하다. 개인적 체감상 'Tesco'가 영국에서 가장 흔하고 대중적인 마트인 듯한데, 이 나라 사람들도 그렇게 여길지는 모를 일이다.

생활면에서 외국 유학생의 걱정거리 가운데 하나는 그 나라의 물가일 것이다. 영국은 물가가 높은 나라로 알려져 있는데, 이는 대체로 틀리지 않은 내용이다. 물가가 특히 높기로 유명한 이 나라 수도 런던에 비하면 내가 생활한 지역은 그나마 상황이 조금 낫지만, 경제 활동을 잠시 중단하고 타지에서 가족과 함께 생활하는 처지라 물가를 신경 쓰지 않을 수 없다. 이 민감함은 마트에서 더욱 두드러지기 마련이다.

그런데 식료품을 다소 저렴하게 구매하는 기회도 있다. 소비 기한(Best Before)이 임박한 식료품에 노란색 스티커를 붙이고 이를 할인하여 판매하는 상황이 바로 그것인데, 심지어 상태가 멀쩡한 것도 꽤 있다. 이러한 할인 상품(Reduced Item) 덕에 때로는 같은 비용으로 더 많은 물품을 구매할 수도 있다.

▪ 스티커를 붙인 할인 상품

마트에 가는 주된 이유는 식료품을 구매하기 위함이지만, 간혹 기념일에 준비할 특별한 음식과 장식할 물품 등을 구매하기 위함도 있다. 가령, 영국의 '엄마의 날(Mother's Day)'과 '아빠의 날(Father's Day)'은 우리나라의 어버이날과 유사한 의미를 갖지만, 각각 두 날로 나누어 달리 기념하는 점이 우리와 다르다. 엄마의 날은 부활절 기간 중 네 번째 일요일에 기념하는데 매년 날짜가 조금씩 바뀌고, 아빠의 날은 6월 세 번째 일요일로 정하여 기념한다.

▪ 마트 안 제과점의 스콘

영국에서 생활하니 영국식으로 엄마의 날을 기념해 보는 문화 체험의 취지에서 아이와 함께 마트로 향한다. 그리고 몇 가지 물품과 요리할 수 있는 재료 및 케이크를 담기로 한다. 그런데 마트 앞에 늘 자리하던 마트용 짐수레가 보이지 않아, 짐수레가 어디에 있는지를 직원에게 다음과 같이 묻는다.

"Excuse me.

Could you tell me where the cart is?"

그러자 직원은 나에게 되묻는다.

"Sorry?"

나는 최대한 당황하지 않은 척하며 다시 짐수레를 언급해 본다.

"A cart I can put things inside, you know."

직원은 잠시 생각하는 듯하더니, 이렇게 말한다.

"Oh, trolley! You can get one over there."

직원의 말을 듣는 찰나 가만히 생각해 보니 짐수레가 놓인 주변에서 "Parking trolley"라는 팻말을 본 기억이 어렴풋이 떠오른다. 나는 정신을 차린 즉시 직원에게 답한다.

"Right, trolley. Cheers."

우리나라 대형 상점에서 밀고 다니는 소위 '카트(Cart)'라고 부르는 짐수레를 영국에서는 통상적으로 '트롤리(Trolley)'라고 칭한다는 점을 체득하지 못한 결과다. 이전 장에서 언급한 바와 같이, 언어 습득에 있어서 그 언어에 자연스럽고 지속적인 노출이 필요함을 다시금 깨닫는 순간이다.

우리 집 아이의 너서리 친구 Adam이 자신의 생일 파티에 우리 아이를 초대한 기억도 있다. Adam의 부모를 포함한 적잖은 영국 부모는 아이의 생일에 친한 친구를 집으로 초대하여 생일 파티를 여는 경우가 일반적인 듯하다. 초대받은 친구들은 Adam과 함께 영국식 주택 뒷마당 잔디에서 보물찾기나 활동적인 놀이를 한다. 그 후 식탁에 모여 앉아 멋지게 장식한 케이크에 촛불을 켜고 생일 축하 노래와 함께 각자 가지고 온 선물을 Adam에게 건네며 음식을 나누어 먹는다.

▪ 마트에 진열된 상품

아이가 타지에서 사귄 친구의 생일 파티에 초대받았다는 말을 듣고는, 괜히 뿌듯하고 들뜬 마음에 아이와 함께 Adam의 생일 선물을 준비하러 마트로 향한다. 우리나라도 그러하듯, 대형 상점에는 식료품 외에도 장난감과 같은 물품을 진열한 공간이 있기 마련이다. 트롤리 위에 앉은 아이와 함께 선물용 장난감을 살펴보던 중, 마트 직원이 선반 높은 곳에 장난감이 들어 있는 상자를 올려놓는 모습을 마주한다. 순간 그 상자 안에서 작은 플라스틱 장난감 하나가 마치 개구리처럼 폴짝 튀어 올랐다가 바닥으로 떨어지는 것이 아닌가. 동시에 아이가 이를 보며 외친다.

"아빠, 저게 plopped out 했어."

아이가 사용한 영어 표현은 내가 평소에 흔히 들어보거나 쓰지 않던 말이어서 문자 그 자체로는 곧바로 무슨 의미인지 알 수 없었을지 모른다. 그러나 그 광경을 함께 본 상황에서 아이가 말한 표현을 들으니 그 의미를 어림짐작하게 된다. 아이가 이와 같은 표현을 할 수 있는 까닭은 분명 집 밖 어딘가에서 또는 외부 매체를 통하여 그 말을 듣고 습득한 경험 덕일 것이다. 나 역시 아이 덕에 쓰지 않던 표현 하나를 습득한다. 앞서 언급한 언어 습득과 언어 노출 환경 간의 밀접한 관계를 방증하는 대목이다. 참고로 아이가 우리말을 구사하는 중에 외국어로 전환하여 말하고 있는데, 이에 관한 내용은 후에 다시 이야기하도록 한다.

한편, 식료품 외에 다른 물품—가령 옷이나 작은 가구 소품 등의 물건이 필요할 때 마트보다 더 다양한 물품을 판매하는 백화점으로 향하기도 한다. 일반적으로 시내 중심가에 다양한 규모의 상점과 함께 백화점이 한데 모여 이른바 '쇼핑 거리'와 같은 상권을 이루고 있다. 내가 거주한 중견 규모의 도시만 하여도 Debenhams, House of Fraser, John Lewis&Partners 등 나름대로 규모 있는 백화점을 이용할 수 있다.

물론 많은 이들이 생각하다시피 백화점 물건의 가격대는 대체로 높은 편이다 보니, 외국에서 유학하는 처지인 나로서는 조금 더 경제적인 방안을 모색하기 마련이다. 할인매장을 이용하는 것이 바로 그 방안 가운데 하나다. 가령, 영국의 'TK Maxx'와 같은 대형 상설 할인매장이 대표적이다.

▪ 셰필드 시내 중심가 상권

또 다른 방안으로는 중고품 가게(Charity Shop)를 이용하는 것이다. 내가 거주하던 지역의 거리 곳곳에서는 중고 물품 수거함을 어렵지 않게 볼 수 있다. 아울러 깨끗하게 사용한 물품을 기부하고 이를 다른 이가 재사용하는 것에 대한 동네 주민들의 인식과 참여가 적극적이어서 중고품 가게의 운영이 꽤 활성화되어 있는 듯하다. 주로 Oxfarm, Acorn 등의 중고품 가게 체인이 유명한데, 그 밖에도 지역마다 개인이 독립적으로 운영하는 중소규모의 중고품 가게도 적지 않다.

▪ 중고품 가게가 모여 있는 셰필드의 거리

영국에서 지내는 동안 아이의 장난감이나 그림책과 문구류, 옷이나 작은 가구 소품, 컵과 접시 등 다양한 종류의 물건을 저렴한 가격으로 구매하고자 할 때 중고품 가게를 애용한 기억이 생생하다. 경제적 부담감 없이 이것저것 다양한 품목의 상품들이 진열된 적당히 아담한 크기의 매장 안을 아이와 함께 천천히 둘러보는 재미가 무척이나 쏠쏠하다. 특히 내가 자주 가던 가게 주인 할머니의 따뜻한 인사와 정감 어린 웃음이 지금도 가끔 생각나곤 한다. 작은 소품이나 장난감, 아이가 볼 수 있는 책과 같은 값비싼 원가의 물품을 중고품 가게에서는 보통 1파운드 동전 한두 개(당시 환율을 고려할 때 원화로 천오백 원에서 삼천 원 정도)로 구매할 수 있는 점은 그야말로 장점 중의 장점이다.

아이가 한창 자라나는 시기인 만큼 아이에게 맞는 겨울 외투가 필요한 터라, 동네에 자리한 중고품 가게 문을 열고 들어선다. 아이가 입고 벗기 편한 점퍼를 한 벌 사주고자 가게 주인 할머니를 향하여 다음과 같이 묻는다.

"Are you alright?

I'd like to buy a jumper for my kid."

그런데, 가게 주인 할머니는 아이들 옷이 진열된 곳으로 가더니 외투 점퍼가 아닌 스웨터를 나에게 보여주는 게 아닌가. 당황함을 뒤로하고 빠르게 주위를 살펴보다가 점퍼류를 발견하고는 그것을 가리키며 말한다.

"Sorry but, I'm not sure if my son would like this one. Could you show me that one, please?"

그러자 가게 주인 할머니는 이제야 알겠다는 듯이 아이를 향해 웃음을 지으며 이렇게 답한다.

"Oh, you want to wear a wonderful coat!"

순간 뒤통수를 한 대 맞은 듯한 기분이다. 우리나라에서 외투를 지칭하는 말인 '점퍼(Jumper)'는 영국에서 스웨터(Sweater)의 의미로 통용되며, 겨울에 입는 두께 있는 겉옷을 의미하는 말은 'Jumper'가 아닌 'Coat'임을 알고 나서 가게로 들어섰어야 했다.

이 경험 역시 이전 장에서 언급한 언어 습득에 관한 장면을 상기하게 한다. 영어—정확히는 영국식 영어에 노출된 환경을 조성하고 그 환경에서 생활을 지속하여 왔다면 언어 사용의 미숙함이나 언어 의미의 혼동으로 인하여 당황한 일을 많은 부분 줄일 수 있지 않았을까.

이와 같은 당황함을 느끼는 상황은 비단 외국어를 사용

하는 환경에서만 발생하는 것이 아니다. 가정에서 한창 우리 말을 습득하는 아이 또는 교실에서 더 수준 높은 언어를 배워가는 아이 앞에 놓인 언어 환경과 상황 역시 그 본질은 결코 이와 다르지 않을 것이다. 말의 의미를 정확히 이해하며 능숙하게 언어를 구사할 수 있도록 언어 환경을 만들고 이러한 환경에 폭넓게 노출되어 언어생활을 지속하는 것. 바로 이 점이 아이의 언어 교육을 염두에 둔 부모와 교사가 아이에게 노출된 언어 환경의 의의를 생각해 보게 하는 대목이며, 아울러 현재 아이의 상황에 적합한 언어 환경의 조성 방안에 관하여 진지하게 고려해 보기를 바라는 마음이다.

산책과 대화

영국의 수도와 대도시도 그러하지만, 내가 거주한 지역과 같은 중견 규모의 지방 도시 또는 소도시만 하여도 넓은 들판과 숲이 우거진 정원이나 공원이 꽤 많이 조성된 편이다. 대체로 날씨 좋은 주말에는 학업을 잠시 접어두고 아이와 함께 숙소 인근에 자리한 공원에 가거나, 정원처럼 꾸며놓은 식물원(Botanical Gardens)을 산책하며 재충전의 시간을 보내곤 한다.

영국 내 지역에 따라 다소 다를 수 있겠으나, 내가 거주한 잉글랜드 중부나 중북부 지역의 3월 중하순부터 6월 무렵은 적당히 온화한 기온에 파랗고 맑은 하늘의 화창한 봄 날씨가 주를 이루어 그야말로 나들이하고 싶은 욕구를 강하게 불러일으킨다. 이런 날이면 기숙사에서 도보로 가까운 거리에 있는 공원이나 정원으로 향한다. 양팔로 둘러 안고도 한참 남을 만큼 굵직한 나무 위에 무성하게 우거져 드리운 초록빛의 나뭇잎을 그늘 삼아 그 아래 벤치에 앉거나 혹은 잔디밭에 직접 자리를 펴고 앉아 평화로운 봄날의 광경을 여유롭게 만끽한다. 이 순간만큼은 마치 인생을 통달한 이처럼 그 어느 것도 부럽지 않은 삶을 누리는 듯한 느낌이다.

▪ 코번트리 거주지 인근 산책로

▪ 셰필드 엔드클리프 공원(Endcliffe Park)

공원이나 정원에 조성된 다양한 종류의 아름답고 화려한 꽃을 보며 여기저기를 걷고 산책하는 순간 또한 마음이 치유될 만큼 행복감을 느끼게 한다. 드넓게 펼쳐진 잔디밭 위에서 마음껏 웃고 뛰어다니며 즐거워하는 우리 집 아이의 모습은 녀석의 취향과 그대로 맞아떨어진다. 한창 뛰어놀 유아에게 이와 같은 자연 공간은 필수적인 듯하다. 우리나라 도시 곳곳에 이러한 자연 친화적 공간이 더욱 많이 조성된다면 자라나는 우리 아이들의 정서와 건강한 성장에 긍정적일 것이라는 생각에 내심 이곳의 환경이 부러워진다.

▪ 셰필드 식물원

다시 날씨 좋은 봄날 주말의 이야기로 돌아와서 아이와 함께 숙소 옆에 자리한 식물원을 산책한다. 시민들에게 무료로 개방하는 이 식물원은 온실과 같은 실내 공간을 마련하여 몇몇 식물을 심고 기르는 한편, 외부의 드넓은 부지에 공원처럼 조성한 식물 정원도 펼쳐져 있어 많은 이들이 즐겨 찾는 곳이다. 아이는 이날도 어김없이 자연과 함께 어우러져 신이 나서 여기저기를 뛰어다니고, 나는 그런 아이를 지켜보며 여유를 갖고 산책한다. 이윽고 아이가 숨찬 호흡을 가다듬으며 내 옆으로 와서 함께 천천히 걷는다. 그러면 나는 아이와 대화를 나누기 시작한다.

▪ 셰필드 식물원에서의 산책

사실 이 어린아이와 나누는 대화는 아주 쉬운 수준의 가볍고 단순한 화제를 중심으로 이루어지기 마련이다. 대체로 너서리에서 무엇을 하며 지내는지, 또는 어떤 친구와 함께 노는지 등의 내용이 주를 이룬다. 그렇지 않으면 정원에서 볼 수 있는 동식물—가령 이곳 영국에서 흔히 보이는 다람쥐나 새, 그리고 풀, 꽃, 나무 등에 관한 가벼운 이야기가 대화의 화제가 된다. 너서리에 다니는 아이의 언어 수준이나 사고 능력을 고려하면 깊이 있는 대화는 아니어도 일상생활에 관한 가벼운 내용의 대화는 어느 정도 이어갈 만하다.

그런데 대화 중 다소 특이한 점은 아이가 한 문장을 말할 때 그 안에 우리말과 영어를 섞어서 구사하는 것이다. 한창 언어를 습득하고 있는 아이가 이른 아침과 저녁에는 모국어를 사용하고 낮에는 외국어를 사용하다 보니 이처럼 어중간해 보이는 언어 구사 상황이 벌어지는 듯하다. 특히 아이가 구사하는 문장의 특징은 우리말의 어순을 따르고 우리말 조사를 사용하지만, 체언으로 지칭할 수 있는 주어나 대상, 그리고 서술어로 사용하는 용언은 대체로 영어를 사용한다는 점에 있다. 심지어는 우리말로 문장을 말하는 중에 영어 문장으로 이어서 말하는 경우도 종종 있다.

아이가 우리말과 영어 모두 익숙하게 구사할 수 있는 언어 능력이 아직 턱없이 부족함은 분명한 터라 녀석이 구사하는 문장을 듣기에 참으로 어색하기 그지없다. 그러나 이를 다른 측면에서 생각한다면, 아이가 가정에서 습득한 모국어와 집 밖에서 습득한 외국어를 종합적으로 활용하여 본인의 생각을 표현하고자 하는 적극적 노력의 산물로 볼 여지도 있겠다.

아이가 이와 같은 방법으로 언어를 구사하는 것, 즉 말하는 중에 언어(또는 말투)를 전환하는 것이 곧 코드 스위칭(Code Switching)이다. 코드 스위칭 현상은 특히 제2 언어 교실에서 자주 나타난다. 제2 언어를 배우는 교실에서 아이들이 이해하기에 많은 시간을 소요할 만한 외국어 자료를 더 수월하고 빠르게 이해할 수 있도록 교사가 대상 언어와 우리말을 간간이 바꾸어 가며 말하는 경우가 그 대표적인 사례다. 아이들은 제2 언어 교사가 구사하는 대상 언어를 이해하기 어렵거나, 또는 아이들이 대상 언어로 표현하는 것에 어려움을 겪을 때 종종 대상 언어에서 모국어로 전환한다는 영어교육학자 Dilin Liu* 외 다수의 연구가 이와 맥을 같이 한다.

한편, 모국어와 제2 언어의 코드 스위칭은 아이들의 추측과 토론을 유도하고, 명확성과 더불어 사고의 유연성을 개발하며, 언어 습득 중에 발생하는 모국어와 대상 언어 사이의 상호작용에 대한 아이들의 인식을 불러일으키는 데

---

* Oklahoma City University 교수

도움이 되어야 한다는 작문 전문가 John Harbord*의 주장에 귀 기울일 필요가 있다. 이와 관련하여 언어학자 Jim Cummins**의 상호의존성 가설(Interdependence Hypothesis)은 우리가 Harbord의 말을 유념하여야 하는 이유를 생각해 보게 한다.

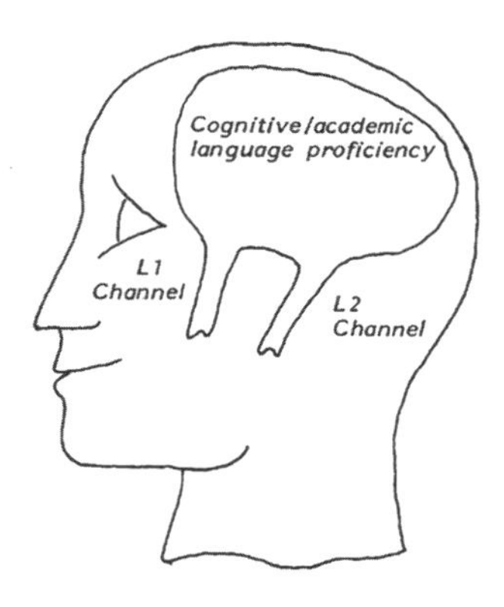

▪ Cummins의 공통 기반 능력 모델

위 그림이 말하는 바와 같이, 제1 언어(L1) 환경에서의 교육이 그 언어의 인지·학문적 능력 향상에 효과적일 때, 제2

---

* Maastricht University 교수

** University of Toronto 교수

언어(L2)에 충분한 노출과 학습 동기가 제공된다면 제1 언어의 능력이 제2 언어로 전이될 수 있다는 것이 곧 상호의존성 가설의 내용이다. 즉, 모국어와 제2 언어 간의 인지·학문적 언어 능력(Cognitive/Academic Language Proficiency, CALP)은 상호의존성에 기반을 두고 언어 능력의 전이가 가능하다는 것인데, 이러한 전이는 공통 기반 능력(Common Underlying Proficiency, CUP)에 의해 이루어진다고 본다.

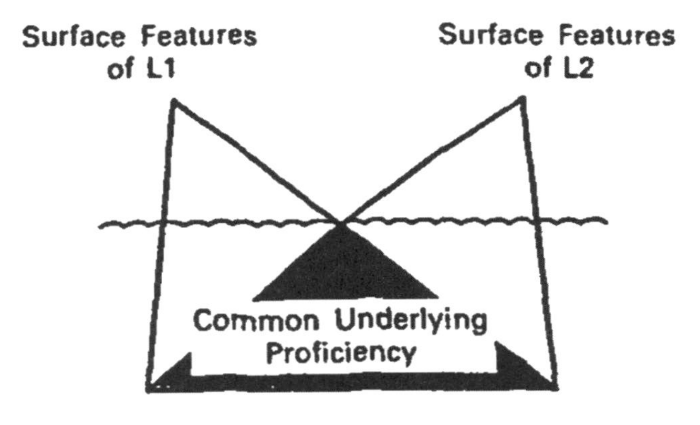

▪ Cummins의 언어 상호의존성 모델

이는 결국 모국어와 제2 언어 양측 모두에 기반을 둔 언어적 경험을 바탕으로 상호의존적인 언어 능력의 발달을 촉진

할 수 있음을 시사한다. 이러한 맥락에서 볼 때, 교실에서 제2 언어를 배우는 아이들이 모국어를 인지적 자원 및 언어적 자원으로 적절히 활용하는 것은 곧 대상 언어의 습득과 학습에 대한 의미 있는 성취를 맛보는 밑거름이 될 수 있을 것이다.

바로 이 점이 영어나 다른 외국어 능력을 향상하고 싶은 아이, 그리고 그 아이를 옆에 둔 부모와 교사가 유념하여야 할 대목이다. 즉, 외국어 능력을 향상하고자 한다면 역설적으로 수준 높은 모국어를 구사하고 활용할 수 있는 능력이 그 열쇠가 되지 않을까. 그렇다면 모국어가 서툰 유아기에 영어와 같은 외국어 습득만 고집하는 일은 모국어와 외국어 간에 상호의존적인 언어 능력 발달 측면에서 그다지 효과적이라 말하기는 어려울 듯하다.

우리 집 아이도 마찬가지일 것이다. 영국에서 생활하면서 영어를 듣고 말하는 것은 그저 자연스러운 일이다. 따라서 시기적으로 언어 습득에 한창인 아이가 대화 중에 영어를 구사하는 것 역시 흔히 일어날 수 있는 일이다. 그러나 향후 더 성장한 아이가 단지 생활 영어만을 구사할 뿐 우리말에 서툰 모습을 상상하면 그야말로 마음 한구석이 답답해진다.

이는 아이가 수준 높은 언어 능력을 형성하였다고 보기 어렵다.

이러한 상황은 모국어와 외국어 능력 간에 상호의존적이고 의미 있는 전이가 일어나기 어려운 결과를 빚어낼 심산이 크다. 영국에서 아이가 너서리를 마치고 문을 나서는 순간부터 아이와 함께 있는 동안 영어가 아닌 모국어—더욱이 가급적 아이의 수준에 적합하며 정확한 우리말로 대화하는 이유 역시 그 때문이다. 향상된 수준의 모국어 능력이 전이되어야 외국어 습득 및 학습 능력의 향상으로 이어질 수 있는 것이 아니겠는가.

나아가 아이의 수준에 적합한 질문을 우리말로 던짐으로써 아이가 다양한 생각을 떠올려 보게 하고 이를 자유롭게 표현하게 할 수 있다. 이 경우 자연스레 나타나는 우리말과 외국어의 코드 스위칭을 발견할 때, 상호의존적으로 전이되는 이 두 언어 능력의 균형적인 발달이 이루어지고 있음을 조심스레 예상해 볼 수 있으리라. 이 과정에서 아이의 언어 발달이 더욱 촉진되도록 돕고자 하는 노력이 곧 부모와 언어 교사가 고민하고 실천하여야 하는 몫이 아닐까. 그 노력의 시작점은 다름 아닌 우리말을 먼저 제대로 습득하고 배우는 아이로부터 비롯하는 것임을 다시금 떠올려 보기를 바라는 마음이다.

William Shakespeare
Scenes from the life of the world's greatest writer
'A perfect introduction to the real Shakespeare' – Simon Callow
Mick Manning & Brita Granström
£1.80

스토리텔링

'이야기를 좋아하고 즐기는 사람들의 나라.'

영국이 윌리엄 셰익스피어(William Shakespeare)의 나라이며 해리 포터(Harry Potter)가 탄생한 곳임을 알고 있는 사람이라면 이 나라에 대한 이미지를 위와 같이 형상화할지도 모르겠다. 나 역시 영국인들이 책을 사랑하며 이야기를 즐긴다고 느낀 점은 앞서 이전 장에서 언급한 바와 같다.

이런 이유에서일까. 영국에서 지내다 보면 어느 순간 함께 소파에 앉은 아이에게 책을 읽어주고 있는 장면을 종종 연출하곤 한다. 물론 아직 글을 읽을 수 없는 어린 나이의 우리 집 아이는 내가 읽어주는 내용을 듣고 책에 그려진 그림을 보며 그저 흥미로워할 뿐이다. 엄밀히 말하면 아이의 시각에서는 책에 적힌 글을 읽는다기보다 나의 이야기를 듣는다고 이해하는 편이 더 맞을 것이다.

▪ Rowling이 소설 《해리 포터》를 쓰던 카페

한편 나의 시각에서는 개인적 향유를 위한 독서가 아닌, 아이를 대상으로 글을 읽어주는 책 읽기다. 그렇다 보니 아이 앞에서는 개인적 독서보다 더 주의를 기울이며 글을 읽기 마련이다. 또한 책을 읽는 동안 내가 읽어주는 책의 내용을 아이가 잘 이해하고 있는지도 확인하게 된다. 나아가 어떻게 하면 아이가 책의 내용을 더 잘 이해할 수 있는지, 이에 더하여 아이의 생각을 확장할 여지를 남길 수 있는지를 계속하여 고려하고 고민하게 된다.

단순히 책에 적힌 글만을 무미건조하게 읽어준다면 책장을 덮은 이후에는 아이가 더 깊은 여운을 느끼거나 생각의 확장을 꾀하기 어려울 수 있다. 이 경우, 글을 읽어줌과 아울러 책의 내용을 바탕으로 작중 캐릭터나 장면, 상황 등을 다소 확장하여 이야기를 이어갈 때가 있다. 가끔 아이가 너서리에서 보고 들은 그림책의 내용에 덧붙여 교사가 말한 이야기—생략과 비약이 있으므로 내가 추정하고 상상하게 만드는 그 이야기를 나에게 주저리주저리 전해줄 때가 있다. 내가 아이에게 책을 읽어주는 과정에서 확장한 이야기는 곧 너서리 교사의 덧붙인 이야기와 그 본질상 유사하다고 볼 수 있지 않을까.

스토리텔링(Storytelling)이 바로 그것이다. 스토리텔링은 단순히 책의 내용을 전달하는 것이 아닌, 상대의 공감을 이끌고 소통하며 다양한 관점을 제시하고 창의력과 상상력을 자극하도록 이야기를 전달하는 것이다. 독일의 철학자 Walter

Benjamin과 Hannah Ardent에 의하면 스토리텔링은 설명으로부터 이야기를 자유롭게 유지하는 것이며, 이를 해석하는 것은 듣는 이의 몫이다. 또한 독문학자 Maria Tatar[*]는 듣는 이가 이야기 전달자의 말에 상상력을 결합하여 세상을 창조하고 형상화할 수 있다고 함으로써 '듣는 이의 몫'의 의미를 구체화한다.

물론 이야기 전달자가 되어 아이에게 이야기할 때, 그것이 말처럼 쉽지 않음을 자주 실감하곤 한다. 마치 소품이나 의상, 기술 등의 도움 없이 텅 빈 무대에 서 있는 것과 같은 상황에서 오로지 자신의 목소리나 몸에 의존하여 이야기를 시작하기 때문이라는 영국의 연극 감독 Mike Alfreds[**]의 말이 바로 그 이유가 될법하다. 스토리텔링과 연극연출 강의 경험이 있는 그는 스토리텔링이 일방적인 것이 아닌, 이야기 전달자와 듣는 이 사이에 양방향으로 이루어져야 한다고 말한다. 이 경우 이야기 전달자는 듣는 이인 아이가 이야기를 더 잘 이해하기 위하여 인지과정을 활성화하도록 장려하여야

---

* Harvard University 교수

** (前) Tel Aviv University 교수

하는 부담이 분명히 존재하기 마련이다. 우리 집 아이는 여느 어린아이와 마찬가지로 집중과 기억의 지속력이 아직 턱없이 부족하다. 따라서 아이가 책 내용의 큰 줄기를 기억함과 아울러 흥미를 잃지 않고 생각을 이어가도록 하는 이야기를 들려주려는 꾸준한 시도와 노력이 필요하다.

한편, 이야기 전달자는 아이의 인성교육에 힘을 실어 이야기를 사용하는 경우가 있을 수 있다. 그러나 단순히 교훈을 주려는 목적으로 이야기를 전달하는 것에 회의적인 시각을 드러내는 연극학자 Joe Winston*의 견해 역시 눈여겨볼 필요가 있다. 이는 비단 아이가 이야기를 통하여 교훈을 얻는 것이 잘못되었다는 의미는 아닐 것이다. 다만 연극학자 Michael Wilson**의 주장과 같이, 이야기 전달자는 아이에게 도덕을 교육하는 역할이 아닌, 아이의 창의성을 북돋우는 역할을 하여야 한다는 편에 힘을 더 실어주는 말이 아닐까.

달리 말하면, 이른바 '스토리티칭(Story-teaching)'으로 변모한 스토리텔링은 바람직하지 않다는 뜻으로 이해할 수 있겠

---

* University of Warwick 교수

** Loughborough University 교수

다. 이야기 전달자는 아이를 교육하는 것이라기보다 아이가 창의적이고 비판적이며 독립적인 사고력을 기를 수 있는 새로운 세상을 열어주는 역할을 하여야 한다는 Wilson의 말을 유념할 필요가 있다.

이러한 맥락으로 보건대, 가정과 학교에서 아이의 언어 능력을 기름에 있어 창의적이고 비판적인 사고력의 향상을 위한 하나의 방편으로 스토리텔링은 유의미한 가치가 있지 않을까. 한층 수준 높은 사고력을 바탕으로 구사하는 언어 속에 새로운 세상을 펼치는 아이의 모습을 기대하는 부모와 교사라면 스토리텔링은 언어 교육의 시각에서 직접 시도해볼 만한 교육 방법 가운데 하나가 아닐는지.

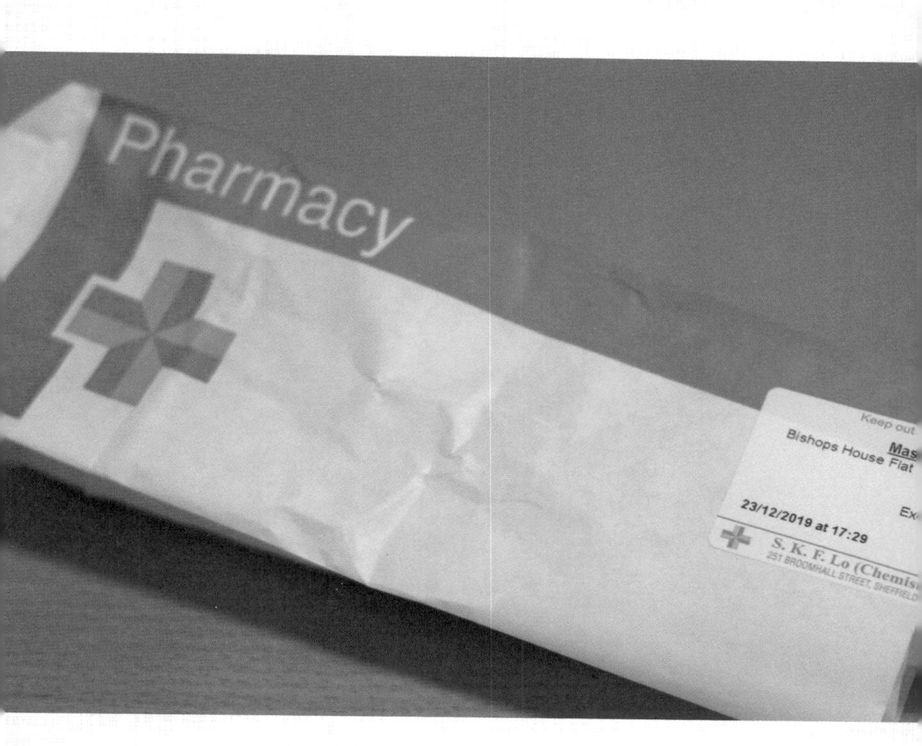
Pharmacy
Keep out
Bishops House Flat
23/12/2019 at 17:29
S. K. F. Lo
251 BROOMHALL STREET,

약국과 병원

식사하는 아이의 모양새가 조금 쳐진 듯한 게 여느 날과 좀 다른가 싶더니, 아니나 다를까 아이의 이마가 조금씩 뜨거워진다. 평소 활발한 성향의 녀석이지만 열이 나는 상황에서는 성향도 아무런 소용이 없다. 너서리에서 아이들 사이에 감기 증상이 유행하고 있다는 전언이 맞는가 보다.

아직 아이의 증세가 그리 심각한 정도는 아닌듯하여 다행이지만, 문제는 집에 갖춰놓은 어린이용 해열제가 없다는 것이다. 통상적으로 영국은 일부 상점의 경우를 제외하면 초저녁을 전후하여 문 닫는 곳이 적잖이 있다. 따라서 서둘러

채비하고 약을 구하러 밖을 나선다.

우리나라였으면 곧장 동네 약국으로 향하면 될 일이나, 이곳에서는 아이의 상황이 심각하지 않다면 약국 외에도 약을 판매하는 상점을 이용하기도 한다. 그 대표적인 상점으로 'Boots'가 있다. 약국과 미용 관련 상점을 한데 합친 듯한 곳이다. 이곳에서 감기약류는 보통 별다른 제한 없이 구매할 수 있으나, 판매하는 감기약 가운데 일부는 상주하는 약사와 상담 후에 그의 허가가 있어야 약을 구매할 수 있는 점이 다소 특이하다. 그러고 보면 이 상점은 우리나라에서 일반 감기약을 판매하는 편의점과 달리 조금 더 전문적인 약국이 속한 편의점을 생각하게 하는 독특한 형태의 점포다.

Boots 점포 안의 약국 판매대 앞에서 약사에게 아이가 열이 나고 지쳐 보인다는 말을 전한다. 이 말을 들은 약사는 주저 없이 다음과 같이 말한다.

"Please bring the paracetamol."

"……?"

약사가 말한 'Paracetamol'이 무엇인지 도통 이해할 수 없다. 심지어 그 짧은 순간에 혹여 내가 약을 살 때 필요한 무언가를 가지고 오지 않아서 그런 것인지를 돌이켜 보기까지

한다. 무슨 영문인지 모르는 나의 상황을 눈치챈 약사는 약이 진열된 선반 한쪽을 손가락으로 가리키며 그곳에서 찾을 수 있다고 말해준다.

▪ 셰필드 거주지 인근 Boots 매장

선반을 한참 살피다 마침내 상자 겉면에 Paracetamol이라 적힌 약 몇 가지를 발견하고 그 가운데 하나를 집어 든다. 이곳에서 해열제를 언급할 때 그 약 성분의 명칭 그대로 '파라세타몰(Paracetamol)'이라 말하기도 한다는 것을 이제야 알게 된다. 일상에서도 그 사회나 언어문화에의 노출이 언어 습득과 언어 능력 향상에 중요한 요인으로 작용함을 새삼 깨닫는 장면이다.

병원과 관련된 기억도 떠오른다. 어느 가을날 오전, 너서리로부터 아이를 데리고 병원에 가보라는 연락을 받고 급히 아이에게로 향한다. 아이의 담임교사가 전해주는 말을 듣자니 아이가 'Conjunctivitis'인 것 같다며 다음과 같이 말한다.

"He should visit a surgery and see a GP."

나로서는 일단 'Conjunctivitis'가 도통 무슨 의미인지 알 수 없어 교사에게 재차 물어본다. 그러자 교사가 한쪽 서랍에서 무언가 적힌 종이 한 장을 꺼내어 나에게 건넨다. 종이에 적힌 글을 풀어 이해하니 '눈이 붉게 충혈되고 아픈 증상'이다. 가만 보니 오래전에도 이와 비슷한 증상을 겪은 바 있다. 다름 아닌 결막염이다. 의학 계열 전공자가 아니므로 그러한 단어는 나에게 생소할 수밖에 없는 노릇이다.

게다가 'Surgery'라면 수술을 요한다는 의미인가 싶어 적잖이 당황스럽다. 그러나 병원을 뜻하는 말인 Surgery를 평소 일상에서 듣고 말하며 습득한 경우라면 이처럼 당황하는 일은 없지 않았을까. 이 역시 언어문화에의 노출과 언어 능력 간의 상관관계를 짐작게 하는 장면이다. 결국 너서리 교사의 부연 설명을 더 듣고 나서야 비로소 이 상황을 이해하고, 병원으로 발길을 돌린다.

▪ 아이의 담당 주치의가 있는 병원

영국은 국영 의료 서비스 체계인 NHS(National Health Service)가 공공 병원을 관장한다. 학업으로 장기간 체류하는 외국인과 그 가족의 경우 확정된 거주지로부터 통원 가능 거리의 지역 범위(Catchment Area) 내에 소재한 진료소(Surgery)에 신원을 등록할 수 있으며, 이에 따라 NHS에서 담당 주치의(General Practitioner, GP)를 배정한다. 영국의 병원은 예약이 먼저 이루어진 후 그 일시에 맞춰 진료하는 것이 통상적이다. 그러나 아이가 등록된 진료소는 오전 시간대에 한하여 대기자가 많지 않다면 예약 없이(As a drop-in)도 진료가 가능한 곳이라 다행이다. 잠시 기다린 후 주치의를 만난다.

예상했듯이 진료 결과 아이의 증상은 결막염이다. 당분간 눈에 안약을 투여해야 한다는 주치의의 말에 따라 이번에는 Boots가 아닌 약만을 전문으로 다루는 약국으로 향한다. 그러나 약국에 들어서서 약사를 마주하고는 무언가 허전함을 느낀다. 생각해 보니 주치의로부터 처방전을 받은 일이 없다. 당혹감을 뒤로한 채, 일단 약사에게 다음과 같이 운을 떼본다.

"Alright? Sorry but could I buy conjunctivitis medication without a prescription?"

그러자 약사가 다음과 같이 말한다.

"Yes. It's available over the counter."

▪ 셰필드 거주지 인근 약국

이번에는 'Over the counter'라는 표현이 귀에 들어온다. 불현듯 오래전 학창 시절 이를 암기하던 기억이 어렴풋이 떠오른다. 동시에 영어를 구사할 때 무의식적으로 발동하는 습관 아닌 습관, 즉 'Without a prescription'과 같이 우리말을 영어로 그저 직역하려는 습관을 발견하면서 왠지 모르게 민망해진다. 물론 이 표현이 잘못되었다는 말은 아니다. 다만 이곳의 일상에서 언어문화에 노출된 시간과 정도를 가늠해 보면, 약사의 표현을 평소에 듣고 구사하는 일은 거의 없다고 하여도 과언이 아니다. 이런 이유로 평소 마주하지 않던 상황에 갑작스레 직면할 때, 우리말의 영어 직역 습관이 일상 언어생활에서 그대로 나타나는 것이 아닐까.

만약 영국의 병원 진료와 약국 방문에 경험이 쌓여 관련 언어에 익숙하다면 이처럼 그 언어의 의미를 이해하지 못하여 또는 오해하여 당황하거나, 아니면 잊고 있던 표현을 어렴풋이 상기하며 왠지 모를 민망함을 느끼는 일을 대부분 피할 수 있지 않았을까. 애당초 이 나라로 오기 전에 이곳의 언어문화, 특히 약국과 병원에서 주로 사용하는 언어적 표현과 문화적 일상을 더 살펴보지 않은 점에 은근히 후회가 밀려오는 기분이다.

돌아보건대, 이는 비단 외국어 습득의 문제만은 아닌듯하다. 근래 우리 아이들이 우리말을 제대로 이해하지 못하여 의사소통에 문제가 있다는 푸념이 여기저기서 들린다. 가령 '금일'을 오늘이 아닌 금요일로, '사흘'을 삼 일이 아닌 사 일로 잘못 이해하는 어린이가 적지 않다는 신문 기사*의 내용이 그 대표적인 예다. 만약 이 아이들이 평소 일상에서 금일이나 사흘과 같은 언어를 자주 듣고 구사하였다면, 다시 말

---

* 《매일경제》 2023년 6월 22일 기사 외 다수

해서 우리 언어문화에의 노출이 더 넓은 범주에서 의미 있게 이루어져 왔다면 오늘날 우리가 이러한 기사를 접할 이유는 없지 않았을까. 아이의 언어 교육에 관심을 가진 부모와 교사가 한번 진지하게 고민하여 볼 대목이다.

WARWICK
THE UNIVERSITY OF WARWICK
Centre for Lifelong Learning
Westwood Campus
University of Warwick
Coventry CV4 8UW UK
www.warwick.ac.uk/cll

단기과정 프로그램

영국 생활 첫해에 아내와 아이가 각각 강의실과 너서리로 향하고 나면 몇 시간 정도 홀로 자유를 만끽할 수 있는 여유가 생긴다. 주로 집에서 책을 읽거나 주변 산책을 하고, 가끔은 버스를 타고 시내 중심가로 향하여 필요한 물건을 사기도 한다. 그러나 자유 시간을 누리는 것도 잠시 느끼는 즐거움일 뿐, 어느 순간 스스로 그러한 생활에 깊은 의미를 부여하지 못한 채 회의를 느낀다.

그럴 때면 더 큰 의미를 부여할 수 있는 또 다른 무언가를 찾아 나서기 마련이다. 특히 가족 구성원이 학업에 충실한 모습을 보면 나 역시 뭐라도 붙잡고 공부해야 할 것 같은 생각이 들기 시작한다. 그것이 외국어일 수도 있고, 혹은 새로운 영역의 학문일 수도 있겠다.

마침 이곳 대학에서 운영하는 학업 관련 프로그램 가운데 단기과정으로 진행하는 것이 있다. 우리나라도 대학에서 평생교육 프로그램을 운영하는 것과 마찬가지로 이곳 대학 역시 평생교육원(Centre for Lifelong Learning)에서 단기과정 프로그램(Short Course Programme)을 운영한다. 'Gateway to Higher Education' 과정이 바로 그것이다. 대학에 입문하고자 하는 사람을 위한 무료 단기과정이라고 보면 된다.

서늘한 기온에 우중충하여 비가 잦아지기 시작하는 늦가을 무렵 지원서를 제출하고 담당 교수와 면담 후에 수강 자격을 얻는다. 이듬해 여름 무렵에 해당 과정을 수료하는데, 성취도가 우수한 일부 학생에게 정식으로 이 대학에 입학할 기회를 부여한다는 점에서 실로 고등교육 입문 과정이라 부를만하다.

대학을 졸업하여 학위가 있는 나로서는 원칙적으로 이 프로그램을 수강할 필요가 없다. 그러나 외국인으로서 영어로 이루어지는 강의를 이해하는 것이 쉽지 않겠거니와, 이전에 공부한 경험이 없는 학문인 사회학을 배운다기에 꼭 한번 수강해 보고 싶다는 의사를 담당 교수에게 간곡히 전한 터다.

강의 첫날 모인 이십여 명의 수강생들은 나이와 성별에 상관없이 다들 배움에 대한 열의가 가득한 듯하다. 아이를 키우느라 대학을 중퇴한 중년 여성, 대학에의 동경으로 용기를 내어 찾아온 할머니, 어려운 경제적 형편으로 대학 진학을 접고 일터로 향하던 젊은 남자, 영국인과 혼인한 외국인으로서 영국으로 건너와 몇 해 살다 이제야 학업에 뛰어든 사람까지 저마다 각양각색의 사연을 안고 강의실에 앉아 있다.

사회학의 기초를 탐색하는 이 강의실은 대학 초년생 대상의 오리엔테이션에서 느낄법한 풋풋한 분위기를 자아낸다. 다시 대학 신입생으로 돌아간 듯하여 새삼 기분이 묘하다. 특히 프로그램 초기에는 수강생 간에 짝을 짓거나 모둠을 나누어 서로 자신을 소개하는 시간으로 구성된다. 또는 가벼운 주제를 제시하고 이를 매개로 대화하는 시간을 자주 가지며 다양한 배경과 사연을 가진 수강생 간에 친분을 쌓도록 유도하기도 한다.

불완전한 영어 능력에 아직 이곳 문화에 익숙하지 않은 상황에서 수년 혹은 훨씬 더 오랜 시간 이곳 영국에서 살아

온 사람들과 대화를 이어감에 한계와 좌절감을 느낄 때가 종종 있다. 그러나 상대방이 이 점을 충분히 이해하며 대화를 이어가는 장면이 연출되는 것은 어쩌면 배움의 전당인 대학에서 일어나는 일이기에 가능한 것인지도 모르겠다. 혹은 적잖은 사람들이 제법 나이가 든 터라 타인—특히 외국인의 부족한 언어 능력 수준을 이해하는 마음이 더욱 강한 이유에서일까.

공통 관심사 역시 불완전한 의사소통의 문제를 어느 정도 상쇄할 수 있는 소재가 된다. 특히 이 나이대의 공통 관심사 가운데 하나는 육아일 것이다. 부모로서 아이를 기르고 교육하는 일에 내외국인이 따로 없다. 당시 초등학교에 갓 입학한 아이를 둔 아프리카인 여성과 나눈 대화가 그것을 말해준다. 이 여성은 몇 해 전부터 가족과 함께 영국에서 지내고 있다. 남편이 인근 지역 대학에서 교수로 근무하는 차에 함께 영국에 거주하면서 아이의 영어 능력도 함께 기르고 있다고 말한다.

근래 조기 영어교육에 적극적인 우리나라 부모들의 생각과 유사한 취지의 말을 이곳 영국에서 아프리카인의 입을 통하여 들으며 나는 내심 놀란다. 그러나 다른 한편으로 생각하면 그리 놀랄 말도 아니다. 이미 제2 언어의 조기 습득 효과에 관한 수많은 연구가 존재하기 때문이다. 가령, 이른 나이에 제2 언어에 노출되어 해당 언어를 습득한 사람은 청소년기 또는 성인기에 해당 언어에 노출되기 시작한 사람에 비하여 더 높은 수준의 언어 숙련도를 달성한다는 언어학자 Singleton의 연구 결과가 바로 그것이다.

한편 오랜 기간 지속하여 제2 언어에 노출되지 않는다 하더라도 조기에 언어 노출 경험이 있다면 언어 습득에 도움이 된다는 연구도 있다. 심리학자 Janet S. Oh* 외 다수에 의하면 조기의 듣기 경험은 훗날 그 언어를 인지함에 도움을 주며, 조기의 말하기 경험은 훗날 그 언어를 구사함에 도움을 준다. 그리고 어린 시절의 다양한 언어 경험은 수년간 사용하지 않더라도 그 언어에 접근할 수 있다고 주장한다.

어찌 보면 우리 집 아이도 비교적 조기에 제2 언어에 노출된 상황이라 할 수 있겠다. 혹 누군가는 아이의 이러한 환경에 부러운 눈빛을 보낼는지도 모르겠다. 그러나 다른 측면에서 생각하면 부모와 떨어져 생활하는 너서리에서 아이가

---

* California State University, Northridge 교수

아침부터 저녁까지 외국어에 노출된 시간만큼 우리말에 노출될 기회를 빼앗긴다는 점이 나로서는 꽤 큰 고민이다. 아이가 저녁에 귀가하여 식사를 마침과 동시에 지쳐 잠에 곯아떨어지기 십상이니 오히려 모국어를 제대로 습득할 시간을 확보하는 것이 쉽지 않다는 이유에서다. 이러한 점은 아이가 어린 시절 경험한 제2 언어에 대하여 훗날 그 언어를 다시 접할 때 언어 습득이나 구사에 긍정적인 효과를 발휘할지는 모른다. 그러나 제때 완벽하게 습득하지 못한 모국어에 대하여 과연 그 이론이 유효할지는 의문이다.

모국어는 이미 아이가 태어남과 동시에 자연스레 언어에 노출되기 마련이므로 굳이 언어 노출에 관하여 달리 고려할 필요가 없다고 생각할 수도 있다. 그러나 단순히 언어에 조기 노출되는 것만으로 언어 습득의 수준을 넘어 더욱 높은 수준의 언어 능력을 함양한다고 장담하기는 어렵지 않을까. 달리 말하면, 언어의 노출과 함께 아이에게 시기에 따른 적절한 언어 교육의 병행을 전제하여야 하지 않을는지. 이 점이야말로 조기에 언어 노출 환경에 놓인 아이를 둔 부모와 교사가 깊이 고민해 보아야 할 대목이다.

프로세스 드라마

한 해 먼저 영국에서 석사 과정을 시작한 아내의 학업 내용을 어깨너머로 지켜보면서 가끔 그 내용에 관하여 아내로부터 간략히 전해 듣는 경우가 있다. 그 가운데 눈에 띄는 독특한 분야가 있다면 바로 '드라마'다. 드라마를 떠올릴 때 대체로 배우의 연기를 영상화한 TV 매체 방영 자료를 형상화하기 마련이다. 그러나 아내가 공부한 드라마는 이와 다소 차이가 있다. 무대에서 연극을 수행하는 과정 중 나타나는 언어 및 비언어적 표현을 영어교육에 적용하는 활동이 바로 그것이다. 그리고 이와 같은 과정 중심의 연극 활동을

'프로세스 드라마(Process Drama)'라 부른다.

아내를 포함한 네 사람이 하나의 모둠을 조직하여 프로세스 드라마를 구성하고 이를 무대에서 연기하는 활동을 과제로 수행한다. 하루는 아내를 따라 학내 건물에 마련된 드라마 스튜디오에 잠시 들른다. 그곳은 조명을 밝게 비춘 무대와 어둑한 객석으로 나뉘어 있다. 당장이라도 어디선가 배우가 나타나 멋진 대사 한 줄을 읊조릴 것 같은 분위기를 자아낸다. 마침 아내의 모둠원 모두 스튜디오에 모여 과제 수행을 앞두고 마지막 예행연습을 시작한다. 검은색 복장으로 통일한 모둠원 네 명은 마치 한 명의 배우가 된 듯이 서로 호흡을 맞추며 대사를 던지고 몸으로 연기를 펼친다.

특이한 점이라면 스튜디오의 한가운데 자리한 무대에 몇 줄기 조명만이 전부일 뿐, 다양한 색감의 불빛이나 다채로운 음향, 그리고 소품이나 장치 등은 찾아볼 수 없다. 오로지 연기자의 말과 소리, 그리고 몸짓으로 이 모든 것을 대신한다. 어찌 보면 마치 있어야 할 소품이 없거나 장치가 미비한 탓에 임시방편 배우들이 목소리로 음향 효과를 자아내거나 몸을 구부리고 펴는 자세로 소품을 대신하는 것 같기도 하다.

▪ 프로세스 드라마 예행연습 장면

연기하는 배우의 역할이 하나의 인물로 고정되어 있지 않다는 점 또한 독특하다. 어느 한 인물이 되어 대사를 건네다가 갑자기 인물이 아닌 다른 물건으로 변하여 움츠리는 형상을 취하고 다시 또 다른 인물이 되어 연기를 펼친다. 이미 아내로부터 프로세스 드라마의 특징에 관하여 어느 정도 그 내용을 전해 들었음에도 일반적인 무대 연극과 비교할 때 느끼는 이질감과 어색함은 여전하다. 만에 하나 드라마의 맥락을 놓치기라도 하면 연극이 진행되는 상황을 따라가며 이해하기가 여간 어렵지 않다. 마치 매 순간 집중력을 잃으면

안 되는 낯선 유형의 연극을 보는듯한 기분이다.

언어는 맥락에 내포되어 있다는 언어교육학자 Shin-Mei Kao*와 프로세스 드라마 분야의 전문가 Cecily O'Neill**의 말을 전제로, Winston 등은 맥락이 부족한 상황에서는 언어—특히 제2 언어를 배우는 아이들의 언어를 다루는 능력이 저하될 수 있음을 언급한다. 아이들이 맥락을 바탕으로 언어를 배울 수 있게 하는 프로세스 드라마는 바로 이때 빛을 발한다. 영국은 학교 교육 과정에 드라마 교과가 편재되어 있다. 실제 아내가 속한 강의실의 모든 모둠은 지역 내 초등학교(Primary School)를 방문하여 드라마 교과 시간에 아이들 앞에서 직접 프로세스 드라마를 공연한다. 언어와 몸짓만으로 구성된 그야말로 날것의 연극에서 아이들은 연기자의 언어적 및 비언어적 표현을 바탕으로 맥락을 이해하고 드라마를 감상하는 것이다. 영국은 교육 과정에서 드라마 교육이 활발히 이루어지는 점도 물론이지만, 한편으로 프로세스 드라마가 영국 아이들의 언어 교육과도 밀접한 관련이 있

---

* National Cheng Kung University 교수

** Ohio State University 명예교수

다는 점 역시 방증한다.

근래 우리나라도 학교 현장—특히 초등 교실을 중심으로 이른바 '교육 연극'이라 부르는 연극 활동을 수행하기도 한다. 그러나 언어 교육의 영역에서 프로세스 드라마를 적절하고 효과적으로 활용하는 일은 아직 먼 이야기인 것 같다. 우리의 교육 현장에서 이에 대한 정확한 개념적 지식과 더불어 그것을 직접 연극 활동으로 적절히 수행하는 능력을 갖춘 전문가적인 언어 교사를 찾기가 쉽지 않기 때문일까.

영국에서 이 분야를 전공한 아내가 모둠원과 드라마 활동 과제를 위해 준비하고 연습한 대사의 단어 하나, 몸짓 하나마다 모두 언어 교육적으로 고려하고 기획하여 구성한 것이라 말하던 기억이 난다. 언어 교실에서 활동을 전제로 한 프로세스 드라마는 아이들이 직접 신체를 사용하는 것을 장려한다. 언어학자 Jun Liu*에 의하면 이와 같은 신체적 표현은 언어 자원의 부족한 부분을 보완함으로써 아이들의 상상력을 언어적 경계 밖으로 확장할 수 있다. 아울러 셰익스피어

---

* University of Arizona 교수

교육 전문가 James Stredder*는 드라마를 수행하는 과정에서 아이들이 역할을 맡아 인물의 상황을 구현함으로써 이른바 '언어에 대한 소유권을 키워주는' 언어를 구사할 수 있다고 주장한다.

한편 언어 교실에서 교사가 프로세스 드라마를 활용하고자 할 때, 교사는 아이들에게 답을 주기보다는 놀 수 있도록 해야 한다는 셰익스피어 전문가 Tracy Irish**의 말 역시 유념할 필요가 있다. 이와 같은 맥락에서 Winston 등도 아이들이 드라마를 통하여 구사하는 언어를 가지고 놀도록 해야 함을 주장한다. 즉, 장난스러운 방식으로 언어를 구사하면서 그것을 탐구할 때 아이들은 언어를 더욱 쉽게 습득할 수 있다는 것이다.

하루는 아내가 우리 집 아이를 앞에 두고 프로세스 드라마를 몸소 행하여 보여주던 기억이 있다. 아이는 엄마의 말과 몸짓을 함께 따라 하며 웃고 즐긴다. 이 과정에서 아이는 몸짓을 바탕으로 드라마 내용의 맥락에 접근하고, 아울러

---

* (前) British Shakespeare Association Education Committee 의장

** Royal Shakespeare Company 연구원, University of Warwick 및 University of Birmingham 강사

드라마로 즐겁게 놀이하며 언어를 습득하지 않았을까.

생각건대 집에서 프로세스 드라마를 활용하여 아이가 언어를 배우게 한 아내의 방법은 언어 교실에서의 드라마 활용법과 그 맥이 크게 다르지 않다고 볼 수 있다. 학교 현장뿐 아니라 가정에서도, 그리고 제2 언어뿐 아니라 모국어도 언어의 본질에 있어서 다르지 않기 때문일 것이다. 바로 이 점이 프로세스 드라마를 활용하여 아이에게 언어 교육을 실천해 보려는 부모와 교사가 한번 생각해 볼 대목이지 않을까.

연휴와 여행
그리고 대중교통

영국은 물론이고 세계적으로 기념하며 쉬는 날을 손꼽는다면 그 가운데 하나로 단연 크리스마스를 언급하기 마련이다. 영국에서는 11월이 되면 크리스마스 분위기를 한껏 띄우기 시작한다. 산타(Father Christmas)를 형상화한 모형과 그림, 그리고 이를 상징하는 붉은색과 아름다운 조명으로 거리 곳곳을 물들이며 그야말로 축제의 분위기를 느끼게 한다.

특히 매년 크리스마스를 앞두고 각 도시의 중심가마다 열리는 크리스마스 마켓(Christmas Market)은 그 분위기를 한층 더 북돋운다. 첫해에 거주한 코번트리 시내 중심가에도 마켓

이 들어섬은 물론이지만, 그곳에서 기차로 20분가량 떨어진 대도시 버밍엄(Birmingham)의 크리스마스 마켓은 코번트리의 그것에 비하여 규모가 더 크고 화려하다. 비록 버밍엄까지 기차를 타고 가는 시간은 그리 길지 않지만 제법 여행하는 듯한 느낌에 절로 신이 난다.

▪ 코번트리역

크리스마스 장식과 화려한 불빛이 어우러진 버밍엄 시청 광장을 중심으로 하여 도심 거리까지 길게 줄지어 늘어선 점포마다 연신 "Happy Christmas!"라 외친다. 거리 곳곳의 점포를 돌아다니며 다양한 물건을 구경하는 일도 즐겁거니와, 먹거리를 파는 점포에서 음식 맛을 보는 일은 그 즐거움을 배가시킨다. 특히, 이 시기에 영국인들이 즐겨 먹는 크리스마스 푸딩(Christmas Pudding)과 민스 파이(Mince Pie)는 이곳에서 간단하게 먹기 좋은 간식으로 제격이다. 또한 식당 메뉴판에 실린 칠면조 요리 사진과 제과점 판매대에 진열된 율로그(Yule Log) 케이크도 크리스마스 분위기를 한층 더 고조시킨다.

▪ 크리스마스 마켓

크리스마스의 다음 날인 '박싱 데이(Boxing Day)' 역시 휴일이다. 이곳 사람들은 연이은 휴일에 할인 상품을 고르며 크리스마스 분위기를 이어간다. 크리스마스에 즈음하여 잠시 쉬어간 대학 학사 일정 덕에 이 연휴 기간 색다른 문화를 체험해 본다.

▪ 울버햄프턴 원더러스 축구팀 경기 표

대학원 한 학기를 마치며 과제를 제출한 후 다음 학기 시작 전까지 며칠의 기간 또한 연휴를 보낼 기회가 주어진다. 세계적으로 유명한 잉글랜드 프리미어리그 축구 경기 관람을 오래전부터 고대해 온 터에 하루 날을 잡아 '축구 여행'을 계획한다. 마침 코번트리에서 기차를 타고 북서쪽으로 40여 분가량을 달리면 도착하는 도시 울버햄프턴(Wolverhampton)에서 프리미어리그 경기를 한다는 소식을 접한다. 십수 년 만에 1부 리그로 승격한 울버햄프턴 원더러스(Wolverhampton Wanderers)의 경기 표를 어렵사리 구한다. 노란색 계열로 뒤덮인 이 팀의 홈 경기장(Molineux Stadium)에서 흥미진진한 경기를 관람하며 즐거운 시간을 만끽한다.

▪ 기차 안에서 바라본 셰필드역 승강장

이듬해 셰필드로 거처를 옮긴 이후에도 일일 축구 여행을 이어간다. 셰필드역에서 기차를 타고 피크 디스트릭트(Peak District) 국립공원을 구경하며 서쪽으로 약 1시간을 달리면 우리나라 사람들에게 익숙한 도시 맨체스터(Manchester)에 다다른다. 세계적인 두 팀 맨체스터 시티(Manchester City)와 맨체스터 유나이티드(Manchester United)가 이 지역에 연고를 두고 경쟁한다. 두 팀의 경기장은 기차역을 중심으로 각각 북동쪽(Etihad Stadium)과 남서쪽(Old Trafford)에 위치하며, 기차역에서 전차(Tram)로 약 15분 내외의 거리다.

▪ 맨체스터 시티 축구팀 경기장

TV에서나 보던 세계적인 스타 선수들이 공을 차는 모습을 이곳 경기장 좌석에 앉아 직접 관람하고 열띤 응원과 고조된 분위기를 체험하며 전율을 느낀다. 참으로 값진 문화 체험에 대한 감회를 이루 말로 다 형용하기 어렵다. 함성과 응원은 경기장 밖에서도 이루어진다. 많은 이들이 주점(Pub)에서 생중계하는 경기를 지켜보는 장면을 쉽사리 볼 수 있다. 자신이 응원하는 팀의 승리를 기원하며 큰 소리로 응원가를 부르는 모습이 매우 진지하고 적극적이다. 축구에 대한 영국인들의 지대한 관심과 때로는 극성인 모습까지도 엿볼 수 있는 순간이다.

▪ 맨체스터 유나이티드 축구팀 경기장 주변

한편, 화창하고 따뜻한 봄 어느 주말 숙소 인근 마트에서 물건값을 치르던 중, 영국에서 사용하는 신용카드의 결제 기능에 문제가 있음을 알아차린다. 이튿날인 월요일 이른 오전에 시내 중심가에 자리한 바클레이스(Barclays) 은행으로 향한다. 은행 앞에서 한동안 기다리는데도 은행 문은 굳게 닫혀 있다. 인근에 보이는 다른 은행도 마찬가지로 도무지 문을 열 생각이 없는듯하다. 뭔가 잘못되었다고 생각하던 찰나 문득 영국의 독특한 휴일이 어렴풋이 떠오른다.

재빨리 휴대전화 인터넷으로 검색해 본다. 아니나 다를까, "가는 날이 장날"이다. 마침 이날이 영국의 독특한 휴일인 뱅크 홀리데이(Bank Holiday)다. 이 나라는 연중 삼 일, 즉 5월의 첫 번째 및 마지막 월요일(Early May Bank Holiday, Spring Bank Holiday)과 8월의 마지막 월요일(Summer Bank Holiday)에 은행을 포함한 많은 직장이 문을 닫고 휴일을 보낸다. 그 세 번 가운데 하루가 바로 이날이다. 이런 이유로 대학원 수업 역시 휴강임에도, 이를 까맣게 잊고 있다는 상황에 스스로 민망함을 감출 수 없다.

다행히 큰 문제는 아니므로 다음을 기약하고 집으로 향한다. 대신 하루를 뜻있게 보내고자 다짐한다. 셰익스피어의 나라에 왔으니 그 본고장을 둘러보고 싶은 마음이 불현듯 생긴다. 곧바로 윌리엄 셰익스피어의 생가로 향한다. 코번트리에서 버스를 타고 레밍턴 스파(Leamington Spa)에서 하차 후, 그곳에서 다시 기차나 버스로 환승하고 스트랫퍼드-어폰-에이번(Stratford-upon-Avon)에서 하차하면 셰익스피어의 자취를 느낄 수 있다.

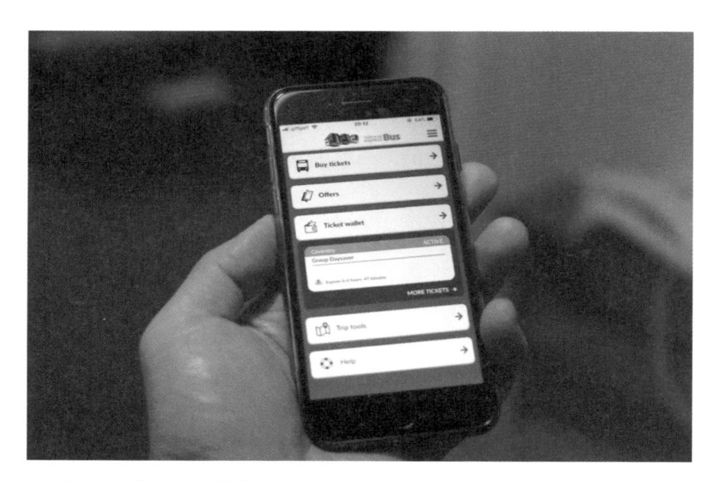

▪ 웨스트미들랜즈 버스 일일권

▪ 셰익스피어 생가

대중교통으로 1시간 20여 분을 달려 셰익스피어의 생가에 도착한다. 생가로 들어서는 거리에 서 있는 어릿광대 동상(Jester Statue)은 그야말로 이곳이 바로 셰익스피어의 고장임을 실감하기에 충분하다. 셰익스피어 생가 관람에 더하여 그 옆에 자리한 기념품점은 그야말로 셰익스피어 천국이라 할만하다. 그의 작품을 담은 수많은 책을 비롯하여 인형과 옷, 필기구, 장식품 등 다양한 종류의 기념품이 진열되어 있다. 셰익스피어의 자취를 느끼기 위하여 세계 여러 나라에서 온 수많은 이들을 보며, 한 명의 문학 거장이 미치는 세계적인 영향력은 이루 말할 수 없이 대단함을 깨닫는 순간이다. 아울러 문학적 상상력을 기르고 그것을 발휘하게 하는 언어 교육의 가치를 새삼 느낀다.

이스터 먼데이(Easter Monday, 부활절 이튿날) 또한 영국의 대표적인 휴일 가운데 하나다. 보통 4월 중 하루 월요일에 휴일로 지정되는데 매년 조금씩 날짜가 다르다. 종교적 이념을 떠나 영국인들은 부활절을 마치 우리의 명절 연휴와 같이 여기는 듯하다. 그래서인지 대학도 부활절을 전후한 며칠을 과제 제출 기간으로 정하고 강의를 잠시 쉬어가기도 한다.

부활절을 앞두고 대학원 과제를 제출한 후 잠시나마 학업의 압박감에서 벗어나고자 가족 여행을 계획한다. 한편으로는 다른 나라에서 지내는 동안 인근 지역을 답사하며 문화를 체험한다는 생각으로 여행의 당위를 내세운다. 잉글랜드 남동부에 형성된 해안 절벽을 구경하고, 스코틀랜드의 주요 도시 두 군데를 들르기로 정한다.

▪ 켈빈그로브미술관 · 박물관

먼저, 글래스고(Glasgow)의 명소인 켈빈그로브미술관·박물관(Kelvingrove Art Gallery and Museum)과 현대미술관(Gallery of Modern Art)을 관람한다. 이어서 중세의 분위기를 느낄 수 있는 에든버러(Edinburgh)의 구도심 거리를 거닐고 성곽에 올라 도시를 바라보기로 한다. 그리고 망망대해를 마주하는 거대한 하얀 석회 절벽이 길게 이어져 장관을 이루는 세븐시스터즈(Seven Sisters Cliffs)의 경치를 구경하는 계획이다.

■ 에든버러성에서 바라본 구도심 지역

조금만 걸어도 금세 지칠 것이 뻔한 어린아이와 함께하는 여행이어서 불가피하게 유모차를 함께 가져가므로 아무리 짐을 적게 싸도 그 부피가 제법 크다. 이 때문에 어떠한 교통수단을 이용할지도 고려해야 한다. 우리는 주로 기차와 비행기를 이용하기로 한다. 버밍엄에서 글래스고까지 비행기로, 글래스고에서 에든버러까지 기차로, 그리고 에든버러에서 브라이턴(Brighton)까지 비행기와 기차로 이동한다.

▪ 세븐 시스터즈

영국의 기차는 우리나라와 달리 타고 내릴 때 출입문에 부착된 버튼을 직접 눌러야 문이 열리는 점이 특이하다. 기차 출입문 근처에는 부피가 큰 짐을 놓을 수 있는 공간이 마련되어 있어 유모차를 놓기에 편리하다. 기차 좌석은 두 명이 앉을 수 있는 자리가 대부분이나, 3인 이상의 가족이 작은 테이블을 앞에 두고 서로 마주 보며 앉을 수 있는 자리도 있다. 우리는 예매한 가족석을 찾아 자리에 앉는다. 잠시 후 맞은편의 가족석에도 인도 출신으로 보이는 가족 네 명이 앉아 짐을 한쪽에 놓아둔다.

▪ 글래스고역 승강장에서 바라본 기차

기차가 글래스고 시내를 벗어나 외곽으로 향할 즈음이다. 우연히 맞은편 가족의 모습이 눈에 들어온다. 초등학생으로 보이는 아들이 테이블 위에 놓아둔 일간신문 《The Telegraph》를 읽고 있다. 간간이 아빠에게 무언가를 물어보고는 다시 신문을 읽는다. 아이는 영어에 능숙한 듯 기사를 읽으며 신문지를 한 장씩 넘기는 모습이 예사롭지 않다.

아마 아이는 신문을 통하여 세상의 소식을 접하고 있는 듯하다. 혹은 어쩌면 신문의 내용 가운데 자신이 좋아하고 관심 있는 분야를 골라 읽는지도 모른다. 아무튼 아이는 신문을 읽고 이해할 정도의 언어 능력 수준에 도달해 가고 있음을 추측할 수 있다. 그런데 단순히 언어 능력이 좋다고 하더라도 그 사회의 문화에 대한 이해 없이는 신문에 실린 내용을 깊이 있게 이해하기 어렵다.

언어학자 Brian Tomlinson*에 의하면 신문은 언어 정보와 언어 노출의 측면에서 교육적으로 활용하기 좋으며, 언어 사용 측면에서도 탐색하기 좋은 '진정한' 자료다. 아울러 언어학자 Jana Bérešová**는 신문 텍스트가 의사소통 능력의 관점에서 아이들이 언어 능력을 통합하며 유의미하게 언어를 연습할 수 있게 한다고 말한다. 물론 다양한 시제와 복잡한 문법 구조, 혹은 문화적으로나 비유적으로 표현된 어휘와 같은 언어적 어려움으로 인하여 이 '진정한' 자료인 신문을 읽는 데 어려움이 있을 수 있다. 그러나 신문의 다양한 기사는 대상 언어의 자연스러운 사용과 대상 문화(또는 세계 문화)에 대한 노출을 제공하며, 결과적으로 대상 언어의 습득과 문화의 이해를 풍부하게 함을 주장한다.

---

* Anaheim University 교수

** University of Trnava 교수

기차 좌석 맞은편에 앉은 아이의 부모가 진정으로 의도한 바인지는 알 수 없으나, 아이가 이처럼 언어 교육적으로 좋은 자료인 신문을 읽는다는 점은 언어 능력 수준 제고의 차원에서 긍정적이다. 물론 어떠한 기사를 선정하고 어떠한 관점에서 읽을 것인지를 생각하는 일은 언어 교육의 영역에서 고민해야 하는 문제다. 그러나 분명한 점은 아이가 더 깊이 있고 수준 높은 언어 능력을 기르기 위해서는 언어뿐 아니라 그 사회의 문화에도 적절히 노출될 필요가 있다는 것이다. 그리고 이에 적합한 언어 교육도 병행될 때 그 효과는 배가되지 않을까. 당시 어린 나이의 우리 집 아이는 신문은커녕 글자도 읽을 수 없기에, 신문을 언어 교육 자료로 활용하는 것을 실천하기란 사실상 불가능하였다. 그러나 더 성장하여 이제는 문해에 익숙한 아이를 둔 부모와 교사가 아이의 언어 능력 수준을 한층 더 높이고자 할 때, 언어 교육의 일환으로 신문의 활용을 실천해 보면 어떨까.

Series Editor H.G.Widdowson
Sociolinguistics
Bernard Spolsky
Critical Reflections

학업과 언어 교육

영국 대학원이 우리나라의 그것과 다른 점 가운데 하나는 학위 과정 기간이다. 영국의 석사 과정 기간은 대부분 일 년 남짓이다. 일부 학문의 석사 과정은 이 년 내외 혹은 그 이상의 기간이 소요되는 경우도 드물게 있으나, 대체로 정규 과정을 문제없이 이수한 후 논문을 작성하여 제출하는 데까지 일 년 정도면 가능하다. 제출한 논문에 대한 심사는 그 이후에 이루어지므로, 학위 취득 여부를 알기까지는 시간이 조금 더 걸리며 졸업식도 이후에 진행된다.

통상적으로 석사 과정은 9월에 시작하며 총 3학기로 구성된다. 앞의 두 학기에는 전공과목 수업을 듣고 과제를 수행하여 제출하며, 마지막 학기에는 주로 논문 작성에 집중한다. 이렇게 보면 영국 석사 과정이 비교적 수월하게 진행된다고 생각할 수도 있겠다. 그러나 만약 좋은 성적—가령 최우등(Distinction) 성적을 기대하는 사람이라면, 빠듯한 일정 속에서 훌륭하게 과정을 이수하는 일이 단연코 쉽지 않음을 절감할 수 있을 것이다.

사립학교 중등 교과 교사가 외국에서 석박사 학위 취득을 목적으로 유학 휴직을 신청할 때, 교육학을 제외한 본인의 교과 관련 학문만을 전공하여야 휴직이 받아들여진다. 사립학교 중등 국어 교사로서 유학 휴직을 목적으로 영국에서 선택할 수 있는 전공은 오직 언어 교육학—광범위하게는 언어학 외에는 없다고 보아야 한다. 영국에서 언어학이나 언어 교육의 '언어'는 곧 영어라 할 것이므로 나의 경우 대학 선택의 폭은 좁다. 실로 한국어 교사가 영국에서 선택할 수 있는 언어 교육—영어를 포괄하는 더 큰 범주의 언어 교육 전공 석사 과정을 운영하는 곳은 러셀 그룹(Russell Group)에 속한 이십여 개 대학 가운데 고작 몇이나 있을까. 마침 셰필드에서 '언어와 교육' 전공 석사 과정을 찾을 수 있어 운이 좋았다고 해야 할는지도 모르겠다.

▪ 셰필드대학교 Firth Court 건물

내가 공부한 '언어와 교육(Language and Education)'은 넓은 범주의 언어 영역과 교육적 사고가 연계된 학문으로, 주로 언어 습득과 학습에 관한 내용, 사회언어학과 언어 교육의 연계에 관한 내용 등을 다룬다. 아울러 교육학 일반에 관한 강좌 역시 이수하여야 하는데, 이때 교육학 계열의 다수 학과에서 모인 학생들과 함께 수업을 듣고 과제를 수행한다. 대체로 개인 과제가 많지만, 교육학 관련 강좌의 경우에는 모둠 과제 수행도 포함된다. 모둠으로 활동한 중국, 인도네시아, 우크라이나, 파라과이 출신 친구들과 함께 과제를 수행하며 고생했는데, 지금 그들은 어디에서 어떻게 지내고 있으려나.

하늘이 유난히 맑고 푸른 봄날에 학교 도서관 열람실에 자리를 잡고 앉아 영어로 적힌 수많은 서적과 논문을 힘겹게 읽으며 과제와 씨름하던 장면이 마치 엊그제의 일인 듯하다. '이 좋은 날에 이 좋은 곳에서 내가 무엇을 바라며 이 고생을 하는지'를 속으로 수도 없이 되뇌며 한숨을 쉬던 기억이 생생하다. 그래도 오늘에 와서 이 모든 장면이 입가에 옅은 미소를 머금게 하는 소중한 추억으로 소환되는 것을 보면 '시간이 약'이라는 말이 틀리지 않은가 보다.

이곳 대학 도서관 열람실은 우리나라의 그것과 같이 정숙함을 유지해야 하는 곳도 물론 있으나, 오히려 그보다는 도서를 열람하면서 소파에 앉아 다소 큰 소리로 자유롭게 대화나 토의를 할 수 있는 열린 공간의 도서관 건물이 더 많다. 이런 사실을 모른 채 이곳 학교 도서관에서 마주한 첫 광경은 우리나라 대학 도서관 열람실의 분위기에 익숙한 나에게 다소 파격적으로 다가온다.

▪ 셰필드대학교 The Diamond 도서관

도서가 가득한 수많은 선반 주변으로 여기저기 놓인 소파나 창문 앞 테이블 의자에 나란히 앉은 학생들이 마치 카페 테라스에 온 사람들처럼 음료를 마시며 동료와 큰 소리로 대화를 나누는 장면이 여전히 눈에 선하다. 처음 이 모습을 보면 이 나라 대학생들은 도서관 예절을 전혀 모르는 것 같다고 진지하게 의심하며 눈살을 찌푸리지 않을 수 없다. 그러나 어느 순간 이곳 도서관 열람실에 적응하여 주위의 소음에 구애받지 않은 채 자유롭게 논의하고 대화하는 내 모습을 발견한다.

연휴 기간을 제외하면 나는 줄곧 학교 도서관에서 과제 수행에 매달린다. 자신의 언어 습득과 학습의 궤적을 서술하는 과제, 언어 교육 방법에 관한 연구 과제, 이중 언어와 방언 등을 포함하는 언어의 소멸과 교육에 관한 연구 과제 등을 붙잡고 고뇌하던 장면이 떠오른다. 무엇보다도 비판적 문해(Critical Literacy)에 관한 연구 논문 과제 수행은 언어 교사로서 언어 교육의 방향을 짚어보는 점에서 개인적으로 의미가 크다. 실상 수년간 한국 중등 교실에서 모국어를 가르쳐 온 언어 교사로서, 이미 모국어에 능숙한 학생들에게 단순히 기술적으로 언어를 가르치는 것은 그들에게 언어를 배우게 하는 동기를 그다지 부여하지 못한다고 생각하던 터다.

영국의 교육학자 Robert Fisher*는 기술적 측면과 아울러 높은 수준의 사고력을 증진하고 실용적 지혜를 발휘할 수 있는 더 넓고 생산적인 방식의 문해력 교육이 필요하다고 보았다. 그의 주장은 내가 비판적 문해력을 한층 더 깊이 살펴보도록 이끈다. 교육학자 Ira Shor**에 의하면 비판적 문

---

* (前) Brunel University 교수

** City University of New York 교수

해력은 우리가 세상을 이해하고 행동의 의미를 밝히기 위한 우리 자신의 발전 과정을 알게 한다. 결국 언어교육학자 Hilary Janks*의 말과 같이 비판적 문해력을 가진 아이는 단어와 세계를 모두 읽을 수 있게 되는 것이다.

그런데 실상 언어 교육 현장을 돌아볼 때, 교육학자 Peter McLaren**은 그간의 지배적인 문해 교육 모델이 학습자의 창의성을 배제하고 현상에 대하여 수동적으로 수용하도록 유도하는 경향이 있다고 비판한다. 같은 맥락에서 브라질의 교육학자 Paulo Freire도 이른바 '은행예금식 교육(Banking Concept of Education)'에 반대하면서, 단순히 정해진 지혜를 전달하여 학생들에게 영원한 미덕을 주입하는 문해 교육 모델은 그들이 세상에 순종적인 사람이 되도록 적응하게 만든다고 본다.

일례로, 내가 교사로서 경험한 중등 언어 수업에서 주어진 텍스트를 비판적으로 읽고 논술하는 활동 결과 적잖은 아이들이 같은 내용의 사례를 들고 생각마저 유사하게 서술한

---

* University of the Witwatersrand 명예교수

** Chapman University 교수

일이 있다. 아이들은 수업 중 교사가 거론한 한두 가지 예시를 그대로 수용함에 그칠 뿐, 이를 더 확장하거나 생각을 열어놓는 시도를 하지 않음을 방증하는 것이 아닐까.

이 시점에서 아이들이 더 크고 중요한 사회적 문제를 의미 있게 다룰 공간을 만들어 주는 비판적 문해 교육이 필요하다는 Linda Christensen*의 주장에 주목할 필요가 있다. 유사한 맥락에서 교육학자 Edward H. Behrman**은 텍스트의 작동 방식과 그것이 세상에 미치는 영향, 그리고 사회적 관계의 비평과 재구성 등을 아이들이 이해하도록 장려해야 한다고 주장한다.

미국의 교육 전문가 Maureen McLaughlin***과 교육학자 Glenn DeVoogd****에 의하면 아이들이 비판적인 관점에서 읽고, 관계를 들여다보고, 생각을 확장하고, 인식을 일깨우며 텍스트를 접할 때 비판적 문해력은 역동적인 과정으로 작

---

* Lewis & Clark Graduate School 교수, The Oregon Writing Project 책임자

** (前) National University in Camarillo 교수

*** 미국 교육부 장관 고문(U.S. Department of Education, Senior Advisor to the Secretary of Education), (前) University of Pennsylvania 교수

**** California State University 교수

동한다. 비판적 문해력으로 텍스트를 이해한다는 것은 단순한 언어적 이해를 넘어 넓은 시야를 통해 그것에 담긴 정치와 경제, 문화를 비판적으로 바라볼 수 있는 능력을 갖추었음을 의미하는 것이다.

그러나 이와 같은 비판적 문해 교육의 방향과 달리, 과거 우리나라 중등 언어 교실에서는 대체로 텍스트에 대한 사실적 지식의 주입에 주력해 온 경향이 있다. 즉 텍스트에 기반을 두고 교사의 이해를 바탕으로 하는 교사 주도적인 내용 전달 수업에서 아이들은 텍스트의 암기와 문제 풀이를 반복하는 일을 지속하여 왔음을 부정하기 어렵지 않을까.

심리학자인 이미리*와 Reed W. Larson**을 포함한 수많은 이들은 우리의 언어 수업 현장이 비판적 문해 교육과 동떨어져 보이는 원인으로 우리나라의 입시 위주 교육 현실을 지적한다. 그러나 보다 근원적인 차원에서 생각할 때, 맥락에 맞는 비판적 문해 교육의 방향과 전망이 여전히 불투명하며, 그 실질적인 교육 방법과 계획에 대한 준비 역시 미진함

---

* 한국체육대학교 교수

** University of Illinois Urbana-Champaign 명예교수

을 문제 제기하는 국어교육학자 윤여탁*의 말은 우리 아이들의 비판적 문해 교육을 위한 구체적이고 적극적인 접근이 필요함을 역설한다.

물론 이와 같은 고차원적인 문해 수준을 아직 언어가 서툰 어린아이에게 요구하거나 바라는 것은 결코 아니며, 그럴 수도 없는 일이다. 어린아이는 기초적인 문해를 제대로 해내는 일만으로 충분하며 어쩌면 이마저도 벅찬 것일 수 있다. 당시 댓 살 먹은 우리 아이도—그 아이가 이제는 학교 교육을 받고 있음에도 비판적 문해는 고사하고 다소 복잡한 구조와 내용에 대한 문해의 시도조차 여간 어려운 일이 아니다.

다만 아이가 언어를 적시에 습득하고 적절히 학습하며 성장하여 종국적으로 그 언어 능력을 높은 수준의 비판적 문해력으로 이어지도록 하는 것이 이상적이라고 한다면, 아이의 언어 교육을 염두에 둔 부모와 교사는 이를 위해 언제 무엇을 어떻게 실천하여야 하는지를 결정적 순간마다 고민하는 자세가 필요하지 않을까. 이 글이 혹은 이전 장에서 언급한 내용과 나의 경험이 그러한 고민의 실마리를 푸는 일에

---

* (前) 서울대학교 교수

조금이나마 보탬이 될 수 있다면 나는 한결 가벼운 마음으로 한껏 보람을 느낄 수 있을 것 같다.

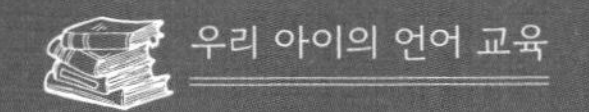

Monologue

——— 학교 현장에서 국어 교사로서 학생 또는 학부모와 상담하다 보면 다음과 같은 질문을 받는 경우가 종종 있다. "국어 교과에서 높은 점수를 받으려면 무엇을 어떻게 해야 하는가?" 혹은 "학원 등에서 사교육을 받는 것이 좋은가, 그렇지 않은가?" 이러한 질문은 본질적인 언어 능력 향상이 목적이라기보다 단지 높은 점수를 얻고자 하는 마음만 앞서는 것 같아 내심 안타깝다.

한편 "국어 능력—더 넓게는 언어 능력 수준이 높아야 하는 이유가 무엇인가?" 혹은 "국어를 잘하려면, 즉 언어 능력 수준을 높이려면 무엇을 어떻게 해야 하는가?"라는 질문을 받을 때가 있다. 이와 같은 본질적인 질문에 완벽하고 절대적인 답을 내놓기에 나로서는 단연코 쉽지 않지만, 개인의 단편적인 생각으로 대신하여도 좋다면 나는 그 대답을 다음의 내용으로 갈음하고 싶다.

근래에 생성형 인공지능 ChatGPT의 등장으로 삶의 패러다임이 변화할 것이라는 말이 나오는 가운데 아이의 언어 교육 문제도 그것으로 쉽게 해결할 수 있지 않겠냐고 생각할지도 모르겠다. 그러나 분명한 점은 자신이 의도하거나 얻고자 하는 바를 정확하고 구체적이며 적절하게 구사할 수 있는 언어 능력이 없는 한 ChatGPT는 물론이고 그 어느 수단을 활용한들 그다지 만족스러운 결과를 얻기 어렵다는 것이다. 오늘날 아이의 언어 교육이 이전보다 더 중요하고 필요하다고 볼 수 있는 이유가 바로 여기에 있다.

결국 아이가 언어를 학습하고 능력을 기르는 것은 단순히 언어 능력치를 정량화하기 위함이 아니다. 수준 높은 언어 능력의 함양 여부는 곧 정보의 이해력, 추론 능력, 창의력, 비판적 사고력 등을 기반으로 아이가 언어 능력을 발휘하여 정확하고 구체적이며 적절하게 표현하고 이해하는 것이 가능한지에 달려 있다고 말하고 싶다.

갓 태어난 아이가 곧바로 언어를 구사할 수 있는 것이 아니듯 언어 능력은 하루아침에 형성되는 것이 아니다. 더군다나 높은 수준의 언어 능력은 더욱 그러하다. 갓난아이는 부모의 언어활동을 통하여 자연스레 언어를 습득하는 시기부터 언어 능력을 기르기 시작하는 것이다. 그리고 부모는 일상 속 매 순간 이루어지는 아이의 실제 언어활동과 앞서 언급한 설득력 있는 언어 이론이 함께 어우러지는 것을 경험하고 또 되돌아보는 과정을 반복하면서 아이의 언어 능력이 함양됨을 알게 되고 그 수준도 점차 높아짐을 느낄 수 있을 것이다. 부모와 교사의 역할이 필요한 지점이 바로 여기에 있다. 아동기의 언어 교육이 어떻게 이루어지는가에 따라 청소년기의 언어 능력에 차이가 생기는 것이 아닐까.

다시 학교 현장으로 돌아와 보건대, 개인적 체감상 오늘날 우리 아이들의 전반적인 언어 능력은 십여 년 전에 경험한 같은 또래 수준에 비하여 다소 낮아진 듯하다. 소셜 미디어(Social Media)에서 사용하는 아주 단순한 수준의 언어에 너무 익숙해진 세대라서일까. 특히 논리적이고 비판적인 사고가 필요한 언어의 영역에서 아이들의 낮아진 언어 능력 수준은 더 적나라하게 드러난다.

다만 내가 근무하는 지역 아이들의 학업 성취도가 상대적으로 우수한 편이다 보니 시험 결과로만 보면 언어 능력 수준이 높은 편으로 보일 수도 있겠다. 실제로 우수한 수준의 언어 능력을 보이는 아이들도 있음은 물론이다. 그런데 과거 세대의 아이들에 비하여 이 아이들의 언어 능력 수준이 전반적으로 낮은듯하다고 느끼는 이유는 무엇일까. 언어 능력의 본질이 아닌 교과 시험 결과에만 주목하는 현실 때문일까.

물론 중등교육에서 시험 점수가 입시에 결정적인 요인으로 작용하는 작금의 현실을 모르는 바 아니다. 점수로 산출된 결과물이 전혀 의미 없다고 말하려 함도 아니다. 그러나 삶의 판도를 바꿀만한 이슈를 불러온 생성형 인공지능의 등장에서 알 수 있듯이, 세상이 하루가 다르게 변화하고 있음은 분명한 사실로 다가온다. 어쩌면 지금과 같은 시험 점수가 우리 아이들의 미래에 별다른 영향을 미치지 않는 날이 머지않아 도래할지도 모르는 일이다. 이러한 맥락에서 생각건대, 문항 풀이에 익숙하므로 언어 능력이 좋다고 여겨지는 아이로 성장할 것이 아니라, 언어 능력이 좋은 덕에 다양한 문제 해결 능력이 탁월한 아이가 되어야 바람직하지 않을까.

이전 장에서 언급한 나의 경험이나 생각과 같이 아이가 어릴수록 언어 교육적으로 더욱 다양한 활동을 시도해 볼 수 있다. 그러나 아이가 더 이상 어리지 않다고 생각한 나머지 그 시도마저 포기할 필요는 없다. 언어 교육의 시기가 다소 늦다고 하여 교육 자체가 불가능하지는 않을 것이라 믿는다. 우리 아이들은 무궁무진한 언어적 잠재력과 발전 가능성을 갖고 여전히 성장하는 존재이기 때문이다.

이 대목에서 이 글을 이어온 의미를 찾고 싶다. 마침 아이를 옆에 둔 시기에 배운 언어 교육 이론을 직접 내 아이의 언어생활에 접목해 보고 아울러 그것을 언어 교육에 적용해 본 나의 소중한 경험과 작은 시도가 우리 아이의 언어 교육 방향을 찾고자 하시는 부모님과 선생님께 하나의 아이디어로 떠오르거나 혹은 교육의 한 가능성으로 환원될 수 있기를 재차 진심으로 바란다. 아울러 영국 생활에서 느낀 소소한 경험을 장면화하여 머릿속으로 함께 그려보고 간접 체험하면서 너무 무겁지 않은 무게로 이 글을 즐기는 시간이었기를 마음 깊이 소망한다.

- Alfreds, M. (2013). *Then What Happens? Storytelling and Adapting for the Theatre.* London: Nick Hern Books.
- Barton, G. (2014). Literacy and the Arts: Interpretation and expression of symbolic form. In: G. Barton G. (eds), *Literacy in the Arts: Retheorising Learning and Teaching,* (pp. 3–19). New York: Springer.
- Behrman, E. H. (2006). Teaching about language, power, and text: A review of classroom practices that support critical literacy. *Journal of Adolescent & Adult Literacy, 49*(6), 490–498.
- Benjamin, W., & Ardent, H. (1999). *Illuminations.* London: Pimlico.
- Beresova, J. (2015). Authentic materials – Enhancing language acquisition and cultural awareness. *Procedia – Social and Behavioral Sciences,* 192, 195–204.
- Bland, J. (2013). *Children's Literature and Learner Empowerment.* London: Bloomsbury Academic.
- Breshneh, A. H. & Riasati, M. J. (2014). Communicative language teaching: Characteristics and principles. *International Journal of Language Learning and Applied Linguistics World, 6*(4), 436–445.
- Butler, Y. G. (2011). The implementation of communicative and task-based language teaching in the Asia-Pacific region. *Annual Review of Applied Linguistics, 31,* 36–57.
- Cheng, A, Y., & Winston, J. (2011). Shakespeare as a second language: playfulness, power and pedagogy in the ESL classroom. *Research in Drama Education, 16*(4), 541–556.

- Christensen, L. M. (1999). Critical literacy: Teaching reading, writing, and outrage. In: C. Edelsky (Ed.), *Making justice our project,* (pp. 209–225). National Council of Teachers of English.
- Cummins, J. (1980). The construct of language proficiency in bilingual education. In: E. A. James (ed.), *Current Issues in Bilingual Education.* (pp. 81–103). Washington, D.C.: Georgetown University Press.
- Cummins, J. (1989). Language and literacy acquisition in bilingual contexts. *Journal of Multilingual and Multicultural Development, 10*(1), 17–31.
- Cummins, J. (2007). Rethinking monolingual instructional strategies in multilingual classrooms. *Canadian Journal of Applied Linguistics, 10*(2), 221–240.
- Duncum, P. (2004). Visual culture isn't just visual: multiliteracy, multimodality and meaning. *Studies in Art Education A Journal of Issues and Research, 45*(3), 252–264.
- Fisher, R. (1998). Stories for thinking: Developing critical literacy through the use of narrative. Analytic Teaching, 18(1), 16–27.
- Freire, P. (2000). *Pedagogy of the oppressed (30th anniversary ed).* New York: Continuum.
- Halliday, M. (1978). *Language as Social Semiotic: The Social Interpretation of Language and Meaning.* London: Edward Arnold.
- Harbord, J. (1992). The use of the mother tongue in the classroom. *ELT Journal, 46*(4), 350–355.

- Irish, T. (2011). Would you risk it for Shakespeare? A case study of using active approaches in the English classroom. *English in Education, 45*(1), 6–19.
- Janks, H. (2013). Critical literacy in teaching and research. *Education Inquiry, 4*(2), 225–242.
- Jewitt, C. (2008). Multimodality and literacy in school classrooms. *Review of Research in Education, 32,* 241 – 267.
- Kalantzis, M., & Cope, B. (2008). Language education and multiliteracies. In: S. May & N. H. Hornberger (eds.), *Encyclopedia of language education, 2nd ed, Volume 1: Language policy and political issues in education* (pp. 195–211). New York: Springer.
- Kao, S., & O'Neill, C. (1998). *Words into world: Learning a Second Language through Process Drama.* Stamford: Ablex.
- Krashen, S. (1981). *Second language acquisition and second language learning.* Oxford: Pergamon Press.
- Lee, M., & Larson, R. (2000) The Korean 'examination hell': Long hours of studying, distress, and depression. *Journal of Youth and Adolescence, 29*(2), 249–271.
- Linse, C. (2007). Predictable books in the children's EFL classroom. *ELT Journal, 61*(1), 46–54.
- Liu, D., Ahn, G., Baek, K., & Han, N. (2004). South Korean high school English teachers' code switching: Questions and challenges in the drive for maximal use of English in teaching. *TESOL Quarterly, 38*(4), 605–638.

- Liu, J. (2002). Process drama in second- and foreign-language classrooms. In: G. Bräuer (Ed.), *Body and language: Intercultural learning through drama* (pp. 51–70). Westport, CT: Ablex.
- McLaren, P. L. (1988). Culture or canon? Critical pedagogy and the politics of literacy. *Harvard Educational Review, 58*(2), 213–234.
- McLaughlin, M., & DeVoogd, G. (2004). Critical literacy as comprehension: Expanding reader response. *Journal of Adolescent & Adult Literacy, 48*(1), 52–62.
- Montrul, S. (2010). Current issues in heritage language acquisition. *Annual Review of Applied Linguistics, 30*, 3–23.
- Mourão, S. (2013). Understanding response to picturebooks. *Encuentro, 22*, 98–114.
- Mourão, S. (2015). The Potential of Picturebooks with Young Learners. In: J. Bland (ed.), *Teaching English to Young Learners: Critical issues in language teaching with 3–12 year olds* (pp.199–217). London: Bloomsbury.
- Newland, L. A., Roggman, L. A., & Boyce, L. K. (2001). The development of social toy play and language in infancy. *Infant Behavior & Development, 24*, 1–25.
- Oh, J. S., Jun, S., Knightly, L. M., & Au, T. K. (2003). Holding on to childhood language memory. *Cognition, 86*, B53–B64.
- Pinter, A. (2017). *Teaching Young Language Learners* (2nd ed.). Oxford: Oxford University Press.

- Richards, J. C. (2006). *Communicative language teaching today.* New York: Cambridge University Press.
- Rowsell, J., & Walsh, M. (2011). Rethinking literacy education in new times: multimodality, multiliteracies & new literacies. *Brock education, 21*(1): 53–62.
- Shor, I. (1999). What is critical literacy?. *Journal of Pedagogy, Pluralism, and Practice, 1*(4), 2–32.
- Singleton, D. (2001). Age and second language acquisition. *Annual Review of Applied Linguistics, 21,* 77–91.
- Stredder, J. (2009). *The North Face of Shakespeare: Activities for Teaching the Plays.* Cambridge: Cambridge University Press.
- Tatar, M. (2009). Enchanted Hunters: *The Power of Stories in Childhood.* New York: W. W. Norton.
- Tomlinson, B. (2001). Materials development. In: R. Carter & D. Nunan (eds.), *The Cambridge Guide to Teaching English to Speakers of Other Languages.* (pp. 66–71) Cambridge: Cambridge University Press.
- Tomlinson, B. (Ed.). (2011). *Materials Development in Language Teaching* (2nd ed.). Cambridge: Cambridge University Press.
- Whong, M. (2011). *Language teaching: Linguistic theory in practice.* Edinburgh: Edinburgh University Press.
- Wilson, M. (2006). *Storytelling and Theatre: Contemporary Storytellers and Their Art.* Basingstoke: Palgrave Macmillan.

- Winston, J. (1997). *Drama, Narrative and Moral Education*. London: Falmer.
- Winston, J., & Tandy, M. (2012). *Beginning Shakespeare 4–11*. Abingdon: Oxford.
- Yoon, Y. (2015). Reflections and perspectives of literacy education in Korea. *Korean Language Education Research, 36*, 535–561.

* The contents of "Picture Book," "Storytelling," and "Process Drama" in this book refer to or cite some of MA assignments performed by the author's wife from 2018 to 2019.

우리 아이의
언어 교육

초판 1쇄 발행 2023. 8. 22.

지은이 임장현
펴낸이 김병호
펴낸곳 주식회사 바른북스

편집진행 김재영
디자인 김민지

등록 2019년 4월 3일 제2019-000040호
주소 서울시 성동구 연무장5길 9-16, 301호 (성수동2가, 블루스톤타워)
대표전화 070-7857-9719 | **경영지원** 02-3409-9719 | **팩스** 070-7610-9820

•바른북스는 여러분의 다양한 아이디어와 원고 투고를 설레는 마음으로 기다리고 있습니다.

이메일 barunbooks21@naver.com | **원고투고** barunbooks21@naver.com
홈페이지 www.barunbooks.com | **공식 블로그** blog.naver.com/barunbooks7
공식 포스트 post.naver.com/barunbooks7 | **페이스북** facebook.com/barunbooks7

ISBN 979-11-93127-94-0 03810